e Diogenes Taschenbücher 70168

de
te
be

Henry David Thoreau

Vom Spazieren

Ein Essay

Aus dem Amerikanischen von Dirk van Gunsteren

Diogenes

Titel des Originals: ›Walking‹
Umschlagillustration:
Daniel Johnson, ›Blick auf den
Androscoggin River, Maine‹,
1869–70
(Ausschnitt)

Neuübersetzung

www.diogenes.ch
200/01/51/1
ISBN 3 257 70168 3

Ich möchte zugunsten der Natur sprechen, zugunsten absoluter Freiheit und Wildheit – im Gegensatz zur Freiheit und Kultur im bürgerlichen Sinne –, und ich möchte den Menschen als untrennbaren Teil der Natur und nicht als Mitglied der Gesellschaft betrachten. Ich möchte einen extremen Standpunkt einnehmen, und zwar mit Entschiedenheit, denn Verfechter der Zivilisation gibt es bereits genug: den Pfarrer und das Schulkomitee und alle anderen.

Im Laufe meines Lebens habe ich nur ein oder zwei Menschen kennengelernt, die die Kunst des Gehens, will sagen die

Kunst des Spazierens beherrschten und sozusagen eine natürliche Begabung für das Pilgern* besaßen, ein Wort, das sinnigerweise auf das kirchenlateinische *pelegrinus* (der ins Heilige Land wallfahrende Fremde) zurückgeht. Wer, obgleich er sich diesen Anschein gibt, bei seinen Spaziergängen nie ins heilige Land gewallfahrtet ist, ist nicht mehr als ein Herumtreiber und Vagabund; doch wer auszieht, um die Heiligkeit des Landes zu suchen, ist ein Pilger in dem guten Sinne, den ich meine. Manche argumentieren, das Wort »pilgern« bedeute ursprünglich »fremd sein«, »nicht daheim sein« – was, ins Positive gewendet, hieße, daß ein solcher Mensch, der kein Zuhause hat, über-

* Im Original *sauntering* (schlendern, bummeln), dessen Etymologie Thoreau fälschlich auf die französische Wendung *aller à la Sainte Terre* zurückführt.

all zu Hause ist. Dies nämlich ist das Geheimnis des erfolgreichen Pilgerns. Wer immer still zu Hause hockt, kann dennoch der größte Vagabund sein; der Pilger dagegen, den ich meine, vagabundiert ebensowenig wie ein mäandernder Fluß, der doch fortwährend emsig bestrebt ist, den kürzesten Weg zum Meer zu nehmen. Ich ziehe allerdings die erste Ableitung vor, die auch tatsächlich die wahrscheinlichere ist. Denn jeder Spaziergang ist eine Art Kreuzzug, zu dem uns ein Peter von Amiens aufgerufen hat; es ist der Versuch, hinauszugehen und dieses heilige Land aus der Hand der Ungläubigen zu befreien.

Wir sind recht kleinmütige Kreuzritter – das gilt auch für die Spaziergänger heutiger Tage, die sich auf keine unbeirrt unternommenen endlosen Reisen begeben. Unsere Expeditionen sind bloß Streifzüge, und abends kehren wir an den vertrauten Herd zurück, von dem wir aufgebrochen sind. Bei solchen Landpartien verbringen wir die Hälfte der Zeit lediglich damit, unsere Schritte zurückzuverfolgen. Vielleicht sollten wir noch den kürzesten Spaziergang im Geist eines unendlichen Abenteuers angehen, als wollten wir nie zurückkehren, als wären wir entschlossen, einzig unser einbalsamiertes Herz als Reliquie in unser verwaistes Königreich zurückzusenden. Wer bereit ist, Mutter und Vater, Bruder und Schwester, Weib, Kind und Freunde zu verlassen und nie wiederzusehen, wer alle Schulden bezahlt, ein Testament aufgesetzt sowie alle Angelegenheiten geregelt hat, wer also ein freier Mann ist, der ist gerüstet für einen Spaziergang.

Um auf meine eigenen Erfahrungen zu sprechen zu kommen: Mein Begleiter und ich – denn gelegentlich habe ich einen Begleiter – gefallen uns in der Vorstellung, wir seien Vertreter eines neuen oder vielmehr recht alten Standes, nicht der Reiter oder Ritter, sondern der Spaziergänger, eines, wie ich glaube, noch älteren und ehrbareren Standes. Der heldenhafte Geist, der einst den Ritter beseelte, scheint heute den Wanderer ergriffen und sich in ihm festgesetzt zu haben: vom fahrenden Ritter zum fahrenden Spaziergänger. Er gehört zu einer Art viertem Stand, jenseits von Kirche, Obrigkeit und gemeinem Volk.

Wir haben festgestellt, daß wir diese edle Kunst hierorts beinahe allein ausüben, obgleich die meisten in meiner Stadt, sofern man ihren Behauptungen

Glauben schenken kann, manchmal nur zu gern spazierengehen würden wie ich, nur daß sie dazu nicht imstande sind. Kein Reichtum vermag die erforderliche Muße und Unabhängigkeit zu erkaufen, die in diesem Metier das Kapital darstellen. Beides wird einem nur durch die Gnade Gottes zuteil. Um ein Wanderer zu sein, braucht man eine Berufung direkt vom Himmel. Man muß in die Familie der Spaziergänger hineingeboren werden. *Ambulator nascitur, non fit.** Einige in meiner Stadt können sich zwar noch an vor zehn Jahren unternommene Spaziergänge erinnern und haben mir diese beschrieben; sie hatten dabei das Glück, sich für eine halbe Stunde im

* »Ein Spaziergänger kann man nicht werden – man ist es durch Geburt.«

Wald zu verirren. Doch ich weiß sehr wohl, daß sie seither nicht mehr von der Landstraße abgewichen sind, auch wenn sie auf mancherlei Art vorgeben, zum auserwählten Stand der Spaziergänger zu gehören. Zweifellos fühlten sie sich für einen Augenblick auf eine höhere Stufe gehoben, wie durch die Erinnerung an ein früheres Leben, in dem selbst Menschen wie sie Waldhüter oder Gesetzlose waren.

Als er eines schönen Morgens
In den grünen Wald trat,
Hörte er das leise Zwitschern
vieler muntrer Vögel.

Es ist lange her, sagt Robin,
Daß ich zuletzt hier war,

Um bei einem stolzen Hirsch
Mein Jagdglück zu versuchen.*

Ich glaube, daß ich meine körperliche und geistige Gesundheit nur bewahre, indem ich täglich mindestens vier, gewöhnlich jedoch mehr Stunden damit verbringe, absolut frei von allen Forderungen der Welt durch den Wald und über Hügel und Felder zu schlendern. Und an was, so wird man mich gewiß fragen, denke ich dabei? Zuweilen denke ich dabei daran, daß die Handwerker und Ladenbesitzer nicht nur die Vormittage, sondern auch die Nachmittage in ihren Werkstätten und Läden verbringen, viele von ihnen auch noch mit ge-

* *A Gest of Robyn Hode,* aus: *The English and Scottish Popular Ballads,* ed. Francis James Child, Vol. III, Boston, 1890.

kreuzten Beinen – als wären Beine nicht zum Stehen und Gehen, sondern zum Sitzen gemacht –, und dann finde ich, diesen Menschen gebühre eine gewisse Anerkennung, weil sie ihrem Leben nicht schon längst ein Ende gemacht haben.

Ich kann keinen Tag in meinem Zimmer verbringen, ohne Rost anzusetzen, und zuweilen, wenn ich mich um vier Uhr nachmittags, gewissermaßen um die elfte Stunde, zu einem Spaziergang fortgestohlen habe, zu spät, um das Tagwerk noch zu retten, da die Schatten der Nacht sich bereits mit dem Licht des Tages mischen, habe ich ein Gefühl, als hätte ich eine Sünde begangen, für die ich büßen muß. Und doch bin ich, wie ich gestehe, verblüfft über das Beharrungsvermögen und vor allem die moralische Gefühllosigkeit meiner Nachbarn, die sich Wochen und Monate, ja ganze Jahre von früh bis spät in Büros und Werkstätten einschließen. Ich weiß nicht, aus welchem Stoff die gemacht sind, die um drei Uhr nachmittags dasitzen, als wäre es drei Uhr morgens. Bonaparte hat von der Tapferkeit um drei Uhr morgens gesprochen, doch die ist nichts im Vergleich zu der Tapferkeit, die man braucht, um sich um drei Uhr nachmittags frohen Mutes an die Belagerung der eigenen Person zu machen, mit der man bereits den ganzen Vormittag verbracht hat, und eine Garnison auszuhungern, der man sich eigentlich verbunden fühlt. Ich frage mich, warum in den Straßen meiner Stadt um diese Zeit – sagen wir zwischen vier und fünf Uhr nachmittags, wenn es für die Morgenzeitung zu spät und für die Abendzeitung zu früh ist – keine große

Explosion zu hören ist, welche die unzähligen althergebrachten, zahmen Gedanken und Vorstellungen in alle vier Winde zerstreut, um sie auszulüften, wodurch das Übel kuriert wäre.

Ich weiß nicht, wie die Frauen, die doch noch viel mehr als die Männer an das Haus gebunden sind, das durchstehen; jedoch habe ich Grund zu der Annahme, daß sie keineswegs *stehen.* Wenn wir an einem frühen Sommernachmittag den Staub des Städtchens vom Saum unserer Kleider schütteln und eilig an den eine Atmosphäre stiller Ruhe verströmenden Häusern mit stilechten dorischen oder gotischen Fassaden vorbeigehen, flüstert mein Begleiter mir zu, die Bewohner lägen um diese Zeit vermutlich allesamt im Bett. Dann weiß ich die Schönheit und Herrlichkeit der Architektur zu würdigen, die selbst nie nach innen gerichtet ist, sondern sich stolz erhebt und über die Schlummernden wacht.

Gewiß wird dieses Verhalten zum großen Teil durch das Temperament und vor allem durch das Alter bestimmt. Je älter ein Mann ist, desto größer ist sein Vermögen, stillzusitzen und einer Tätigkeit in geschlossenen Räumen nachzugehen. Während sein Lebensabend näher rückt, wird er in seinen Gewohnheiten immer abendlicher, bis er schließlich erst kurz vor Sonnenuntergang vor die Tür geht und alle Gänge, die er zu machen hat, innerhalb einer halben Stunde erledigt.

Doch das Spazieren, von dem ich spreche, hat keinerlei Ähnlichkeit mit jenen sogenannten Übungen wie etwa dem Schwingen von Hanteln oder Stühlen,

Übungen, die man macht wie ein Kranker, der seine Medizin zu vorgeschriebener Stunde einnimmt; es ist vielmehr die wichtigste Unternehmung, das Abenteuer des Tages. Wer Übungen will, begebe sich auf die Suche nach den Quellen des Lebens. Da schwingt einer Hanteln, um seine Gesundheit zu fördern, und dabei plätschern diese Quellen in weit entfernten Gefilden, die er nie erkundet!

Überdies muß man spazieren wie ein Kamel, das, wie man hört, das einzige Tier ist, das in der Fortbewegung wiederkäut. Als ein Besucher Wordsworths Haushälterin bat, ihm das Arbeitszimmer ihres Herrn zu zeigen, antwortete sie: »Dies ist seine Bibliothek – sein Arbeitszimmer ist draußen.«

Ein Leben unter freiem Himmel, der Sonne und dem Wind ausgesetzt, fördert zweifellos eine gewisse Robustheit des Charakters und bewirkt, daß auf einigen unserer edleren Wesenszüge eine dickere Haut wächst, wie es auch an den Händen und im Gesicht der Fall ist, gerade so, wie schwere körperliche Arbeit die Hände eines Teils ihrer Feinfühligkeit beraubt. Andererseits kann ein dauernder Aufenthalt in geschlossenen Räumen eine Weichheit und Glätte, um nicht zu sagen eine Dünnheit der Haut verursachen, welche mit einer erhöhten Empfindlichkeit für gewisse Eindrücke einhergeht. Vielleicht wären wir einigen für unser geistiges und moralisches Wachstum bedeutsamen Einflüssen zugänglicher, wenn die Sonne uns etwas weniger beschienen und der Wind uns etwas weniger umweht hätte; und zweifellos ist es gut, das rechte Verhältnis zwischen dikker und dünner Haut herzustellen. Mir scheint jedoch, daß es sich um Schorf handelt, der ohnehin bald verschwinden wird, und daß das natürliche Heilmittel im Verhältnis zwischen Nacht und Tag, Winter und Sommer, Gedanken und Erfahrungen zu finden ist. In unseren Gemütern wird so viel mehr Luft und Sonnenschein sein. Den schwieligen Händen des Arbeiters sind die zarteren Gewebe der Selbstachtung und des Heldenmuts, deren Berührung das Herz erbeben macht, vertrauter als den schlaffen Fingern des Müßiggangs. Was am hellen Tag im Bett liegt und sich weiß und feinfühlig dünkt, der Gebräuntheit und den Schwielen der Erfahrungen weit entrückt, ist bloß sentimental.

Wenn wir einen Spaziergang machen, wenden wir uns ganz natürlich den Feldern und Wäldern zu: Was würde aus uns werden, wenn wir uns nur im Garten oder auf der Promenade bewegen würden? Selbst die Vertreter einiger Philosophenschulen haben, da sie selbst nicht in den Wald gingen, die Notwendigkeit verspürt, den Wald herbeizuholen. »Sie pflanzten Haine und Alleen aus Platanen«, und unternahmen in diesen offenen Säulengängen *subdiales ambulationes**. Selbstverständlich ist es sinnlos, unsere Schritte zum Wald zu lenken, wenn wir dort nicht wirklich ankommen. Ich bin beunruhigt, wenn ich merke, daß ich eine Meile in den Wald hineingegangen bin, ohne auch im Geist dort zu sein. Bei meinen Nachmittagsspaziergängen möchte

* Eigentlich *subdiales inambulationes* (Plinius): Spaziergänge unter freiem Himmel

ich meine morgendlichen Beschäftigungen und meine Verantwortung gegenüber der Gesellschaft vergessen. Doch manchmal gelingt es mir nur schwer, das Städtchen abzuschütteln. Der Gedanke an irgendeine Aufgabe schießt mir durch den Kopf, und ich bin nicht mehr dort, wo mein Körper ist – ich bin nicht mehr bei Sinnen. Auf meinen Spaziergängen möchte ich jedoch bei Sinnen sein. Was soll ich im Wald, wenn ich dabei an etwas denke, was nicht im Wald ist? Ich bin voller Argwohn, und ein unwillkürlicher Schauder überläuft mich, wenn ich feststelle, daß ich verstrickt bin in das, was man gemeinhin gute Werke nennt – denn auch dies kommt zuweilen vor.

Meine Umgebung ermöglicht viele schöne Spaziergänge, und obgleich ich seit vielen Jahren fast täglich und manchmal sogar tagelang unterwegs bin, ist der Vorrat noch nicht erschöpft. Ein gänzlich neuer Ausblick ist ein großes Glück, das für mich an jedem beliebigen Nachmittag möglich ist. In zwei oder drei Stunden kann ich in einer Gegend sein, die mir so fremd ist, wie ich sie mir nur wünschen kann. Ein Farmgebäude, das ich zuvor nicht wahrgenommen hatte, ist manchmal so interessant wie die Behausung des Königs von Dahome. In der Tat läßt sich zwischen den Möglichkeiten, die eine Landschaft in einem Radius von zehn Meilen bietet – einer Strecke, die man an einem Nachmittag bewältigen kann –, und dem etwa siebzig Jahre währenden menschlichen Leben eine Ähnlichkeit erkennen. Mit beidem ist man nie ganz vertraut.

Die heutigen sogenannten zivilisatorischen Fortschritte, wie das Errichten von Häusern, das Roden von Wäldern und das Fällen aller großen Bäume, entstellen die Landschaft bloß und machen sie zahmer und billiger. Wo ist das Volk, das mit dem Verbrennen der Zäune beginnt und den Wald stehen läßt? Ich sah halberrichtete Zäune mitten in der Prärie enden und einen weltlich gesinnten Geizkragen in Begleitung eines Landmessers die Grenzen seines Besitzes inspizieren, während ringsumher der Himmel die Erde berührte, doch er bemerkte die umherfliegenden Engel nicht, sondern suchte in diesem Paradies nichts weiter als ein altes Pfostenloch. Ein zweiter Blick zeigte mir, daß er, umgeben von Teufeln, inmitten eines morastigen, stygischen Sumpfes stand und zweifellos seine Grenze gefunden hatte – drei kleine Steine, welche die ehemalige Position eines Pfostens markierten –, und als ich genauer hinsah, erkannte ich, daß sein Landmesser der Fürst der Finsternis war.

Ich kann von meiner Haustür aufbrechen und leicht zehn, fünfzehn, zwanzig Meilen, ja eine beliebige Distanz zurücklegen, ohne an irgendeinem anderen Haus vorbeizukommen und ohne eine Straße zu überqueren, es sei denn an Stellen, wo Fuchs und Nerz es tun; zuerst gehe ich am Fluß entlang, dann am Bach, dann an einer Wiese und schließlich am Waldrand. Es gibt in meiner Gegend ganze Quadratmeilen, die unbesiedelt sind. Zahlreiche Hügel bieten mir Ausblicke auf die Zivilisation und die Häuser der Menschen in der Ferne. Die Farmer und die Spuren ihrer Arbeit sind kaum auffallender als die Eichhörnchen und ihre Höhlen. Es freut mich zu sehen, wie wenig Raum der Mensch und seine Angelegenheiten, wie wenig Raum Kirche, Staat und Schule, Handel und Wandel, die Industrie und die Landwirtschaft und auch jene beunruhigendste Erweiterung des Menschen, nämlich die Politik, in der Landschaft einnehmen. Die Politik ist nur ein schmales Feld, zu dem die noch schmalere Landstraße dort unten führt. Manchmal beschreibe ich einem Reisenden den Weg dorthin. Wenn dein Ziel die Welt der Politik ist, dann folge der großen Straße – folge dem Marktschreier, laß den Staub, den er aufwirbelt, vor deinen Augen tanzen, und du wirst auf dem kürzesten Weg dorthin gelangen; denn auch die Politik hat ihren begrenzten Platz und nimmt nicht allen Raum ein. Wenn ich in den Wald eintrete, lasse ich sie hinter mir wie ein Bohnenfeld und habe sie gleich darauf vergessen. Ich kann zu einem Fleckchen Erde gehen, wo nicht jahrein, jahraus ein Mensch lebt und wo es daher keine Politik gibt, denn sie ist nichts weiter als Zigarrenrauch.

Das Städtchen ist der Ort, dem die Straßen zustreben, es ist eine Art Erweiterung der Landstraße, wie ein See die Erweiterung eines Flusses ist. Es ist der Körper, dessen Arme und Beine die Straßen sind – ein trivialer oder quadrivialer Ort, eine Durchgangsstation, ein Rastplatz für Reisende. *Village,* das englische Wort für Dorf, ist vom lateinischen *villa* abgeleitet, einem Wort, das Varro, ebenso wie *via* (der Weg), über die älteren Formen *vella* und *ved* auf die Wurzel *veho* (ich trage) zurückführt, denn die Villa ist entweder der Ausgangspunkt oder das Ziel der Dinge, die getragen werden. Von denen, die ihren Lebensunterhalt mit einem Fuhrwerk verdienten, hieß es: *vellaturam facient.* Daher auch – sehr einleuchtend – das lateinische *vilis* (billig, gemein) und das englische *villain* (Schurke, Bauernlümmel). Dies alles deutet auf die Entartung hin, zu der Dorfbewohner neigen. All die Reisen, die man an ihnen vorbei und über sie hinweg unternommen hat, haben sie, die ihren Ort nie verlassen haben, reisemüde gemacht.

Manche gehen überhaupt nicht; andere gehen nur auf Straßen; wenige gehen quer über die Parzellen. Straßen sind für Pferde und Geschäftsleute gemacht. Ich benutze sie vergleichsweise wenig, denn ich habe es nicht eilig, bei den Gasthäusern, den Gemüsehändlern, den Mietställen, den Lagerhäusern anzulangen, zu denen sie führen. Ich bin ein gutes Reisepferd, doch meine Vorliebe gilt nicht den Straßen. Landschaftsmaler deuten mit Hilfe menschlicher Gestalten den Verlauf von Straßen an; für meine Gestalt hätten sie keine Verwendung. Ich gehe hinaus in eine Natur, in der sich schon die alten Dichter und Propheten Manu, Moses, Homer und Chaucer bewegten. Man mag sie Amerika nennen, doch sie ist nicht Amerika: weder Amerigo Vespucci noch Christoph Columbus oder irgendein anderer haben sie entdeckt. In der Mythologie wird sie wahrheitsgemäßer beschrieben als in jedem Werk über die sogenannte amerikanische Geschichte, das mir zu Augen gekommen ist.

Es gibt jedoch einige wenige alte Straßen, auf denen es sich mit Gewinn reisen läßt, als führten sie nun, da sie beinahe nicht mehr benutzt werden, endlich irgendwohin. Da ist die alte Straße nach Marlborough, die heute, wie mir scheint, nicht mehr nach Marlborough führt, es sei denn das, wohin sie mich führt, ist Marlborough. Ich scheue mich nicht, sie hier zu erwähnen, denn ich nehme an, daß es in jeder Stadt ein oder zwei Straßen wie sie gibt.

Die Old Marlborough Road

Wo man nach Geld grub im Sand,
Doch nie welches fand,
Wo Martial Miles allein
Marschiert, nicht zu zwei'n
Mit Elijah Wood,
Der dasselbe tut.
Elisha Dugan

Hat wenig zu sagen;
Ein wilder Mann,
Der vieles kann:
In seinen Schlingen
Manche Tiere sich fingen.
Er ist arm wie ein Hund,
Lebt von der Hand in den Mund,
Doch das einfache Leben
Kann am meisten ihm geben:
Er genießt viele Gaben,
Welche Reiche nicht haben.
Wenn im Frühling die Lust
Ich verspüre zu reisen,
Tu ich's auf den Gleisen
Der Old Marlborough Road.
Keiner hat sie vermessen,
Sie ist beinah vergessen,
Geht lebendig dahin
In christlichem Sinn.
Nicht viele gibt es,

Die sie gehn –
Wohl nur die Gäste
Des Iren Quin.
Sie bietet nichts andres
Als eine Richtung mir an,
Eine Möglichkeit
Zu spaziern dann und wann.
Steinerne Wegweiser,
Die keiner mehr liest:
Die Namen der Orte,
Die du dort siehst,
Verlocken sie dich,
Davon zu berichten?
Welcher König, so frag ich,
Ließ sie errichten?
Welcher Gemeindevorsteher,
Wann und wie?
Gourgas oder Lee,
Clark oder Darby?
Sie sind gemacht,

Für alle Zeiten:
Blanke Tafeln aus Stein,
Die den Wandrer verleiten,
Aufzuschreiben
In einem einzigen Satz,
Was er weiß vom Leben,
Auf daß ein Sucher den Schatz
Vermöchte zu heben.
Ich weiß ein, zwei Zeilen,
Die für viele Meilen
Ihn könnten begleiten
In Widrigkeiten,
Als Proviant für die Tage,
Bis nach des Winters Plage
Kommt der Frühling herbei,
Macht den Weg wieder frei.
Wenn du verläßt dein Haus
Mit offenem Sinn,
Führt die Old Marlborough Road
Dich überallhin.

Im Augenblick befindet sich das beste Land in dieser Gegend nicht in Privatbesitz; die Landschaft gehört niemandem, und der Spaziergänger erfreut sich einer vergleichsweise großen Freiheit. Doch möglicherweise kommt der Tag, da dies alles aufgeteilt werden wird, um sogenannte Lustgärten anzulegen, in denen einige wenige einer eng umgrenzten und exklusiven Lust frönen werden, der Tag, da sich Zäune, Fußangeln und andere Dinge, welche die Menschen nötigen, sich an die *öffentlichen* Straßen zu halten, vermehren werden, der Tag, da das Wandeln auf Gottes Erde gleichbedeutend sein wird mit dem unbefugten Betreten des Grundbesitzes irgendeines Herrn. Wer sich einer Sache unter Ausschluß anderer erfreut, bringt sich gemeinhin um die wahre Freude daran.

Laßt uns also die Gelegenheiten nutzen, bevor diese finsteren Zeiten kommen.

Was macht uns manchmal die Entscheidung, wohin wir gehen sollen, so schwer? Ich glaube, es gibt in der Natur einen sanften Magnetismus, der uns, wenn wir uns ihm unbewußt anvertrauen, ans rechte Ziel führt. Es ist uns durchaus nicht gleichgültig, wohin wir uns wenden. Es gibt einen rechten Weg, doch wir neigen dazu, aus Unachtsamkeit den falschen zu nehmen. Wir würden am liebsten den Weg gehen, den wir noch nie gegangen sind und der genau unseren Vorstellungen und Idealen entspricht, und zweifelsohne fällt es uns manchmal schwer, uns für eine Richtung zu entscheiden, weil dieser Weg in unserer Vorstellung noch keine klare Gestalt angenommen hat.

Wenn ich aus dem Haus gehe, um einen Spaziergang zu machen, und ich, weil ich nicht recht weiß, wohin ich meine Schritte lenken soll, die Entscheidung meinem Instinkt überlasse, stelle ich, so seltsam, ja schrullig das klingen mag, schließlich fest, daß ich stets nach Südwesten gehe, zu einem bestimmten Wäldchen, einer Wiese, einer verlassenen Weide oder einem Hügel, die in dieser Richtung liegen. Meine innere Kompaßnadel richtet sich nur langsam aus, und ihre Abweichung beträgt nur wenige Grad; sie weist zwar nicht immer genau nach Südwesten und hat dafür auch gute Gründe, aber sie kommt jedesmal zwischen Westen und Südsüdwesten zur Ruhe. In dieser Richtung liegt meine Zukunft, dort scheint die Erde reicher und weniger verbraucht zu sein. Die Grenzlinie meiner Spaziergänge gleicht keinem Kreis, sondern einer Parabel oder vielmehr der Bahn eines jener Kometen, von denen man annimmt, sie seien nicht periodisch, und öffnet sich nach Westen, wobei mein Haus den Platz der Sonne einnimmt. Zuweilen wende ich mich eine Viertelstunde lang unentschlossen hin und her, bis ich zum tausendsten Mal beschließe, nach Südwesten oder Westen zu gehen. Nach Osten gehe ich nur, wenn ich muß, nach Westen dagegen freiwillig. Dorthin führen mich keine Geschäfte. Es fällt mir schwer zu glauben, daß ich hinter dem östlichen Horizont schöne Landschaften oder ausreichend viel Wildnis und Freiheit finden könnte. Die Aussicht auf einen Spaziergang in dieser Richtung hat nichts Erregendes, wohingegen ich glaube, daß sich der Wald, den ich am westlichen Horizont sehe, ununterbrochen bis zur untergehenden Sonne erstreckt und es dort keine Dörfer oder Städte gibt, die so bedeutend sind, daß sie mich stören könnten. Ganz gleich, wo ich lebe – wenn auf dieser Seite die Stadt liegt und auf jener die Wildnis, werde ich immer der Stadt den Rücken kehren und mich der Wildnis zuwenden. Ich würde diese Tatsache nicht so sehr betonen, wenn ich nicht glaubte, daß meine Landsleute einen starken Hang zu dieser Richtung haben. Es treibt mich nicht nach Europa, sondern nach Oregon. Dorthin bewegt sich die ganze Nation, und ich möchte hinzufügen, daß sich der Fortschritt der Menschheit allgemein von Osten nach Westen bewegt hat. Die Besiedlung Australiens macht uns seit einigen Jahren zu Zeugen des Phänomens einer Migration in südöstlicher Richtung, doch erscheint dies wie eine rückwärtsgerichtete Bewegung, und das Experiment ist, der moralischen und körperlichen Verfassung der ersten Generation von Australiern nach zu urteilen, bisher nicht erfolgreich gewesen. Die Osttataren glauben, westlich von Tibet befinde sich nichts. »Dort endet die Welt«, sagen sie. »Jenseits davon ist nichts als ein endloser Ozean.« Diese Menschen leben in einem ungemilderten Osten.

Wir wenden uns nach Osten, um den Weg unserer Rasse zurückzuverfolgen, um in die Geschichte einzutauchen und Werke der Kunst und Literatur zu studieren; nach Westen dagegen wenden wir uns, um uns, beseelt von Unternehmungsgeist und Abenteuerlust, gleichsam in die Zukunft zu begeben. Der Atlantik gleicht dem Fluß Lethe: Während seiner Überquerung haben wir Gelegenheit, die Alte Welt und ihre Institutionen zu vergessen. Sollte uns das nicht gelingen, so haben wir noch eine zweite Chance, bevor wir am Ufer des Styx anlangen, und zwar mit der Überquerung der Lethe des Pazifiks, der dreimal so breit ist wie der Atlantik.

Ich weiß nicht, wie bedeutsam es ist oder inwieweit es ein Zeichen von Einzigartigkeit ist, daß jemand bei seinen nichtigsten Spaziergängen die Richtung der gesamten Menschheit einschlägt, doch ich weiß, daß etwas Ähnliches wie der Wandertrieb der Vögel und Vierbeiner – der in einigen Fällen auch kleine Nagetiere* erfaßt und sie zu einer all-

* Im Original *squirrel* (Eichhörnchen) – Thoreau bezieht sich hier vermutlich auf Lemminge.

gemeinen und rätselhaften Wanderung veranlaßt (in deren Verlauf sie, wie man hört, schmalere Wasserläufe auf dem Rücken ertrunkener Artgenossen überqueren und selbst die breitesten Ströme überwinden, indem jedes Tier sich auf ein Stück Holz setzt und den Schwanz gleich einem Segel in die Luft reckt) –, daß etwas wie der *furor,* der das Vieh im Frühjahr befällt und dessen Auslöser angeblich ein Wurm im Schwanz der Tiere ist, sowohl Nationen als auch Individuen entweder beständig oder von Zeit zu Zeit überkommt. Es braucht nur ein Schwarm Wildgänse über unserem Städtchen zu erscheinen, und schon sinkt der Wert der Grundstücke. Wäre ich Makler, so würde ich diese Störungen in meine Kalkulationen einbeziehen.

Dann drängt es männiglich, auf
Pilgerfahrt zu gehn,
Wallfahrer zu entlegnen Ufern ziehn.*

Jeder Sonnenuntergang, den ich betrachte, erfüllt mich mit dem Wunsch, mich in einen Westen aufzumachen, der so schön und entfernt ist wie der, in dem die Sonne versinkt. Tagtäglich wandert sie dorthin und verlockt uns, ihr zu folgen. Sie ist die Große Pionierin des Westens, der die Nationen folgen. Die ganze Nacht lang träumen wir von jenen Gebirgen am Horizont, die von den letzten Sonnenstrahlen vergoldet wurden, auch wenn es sich dabei vielleicht nur um Wolken handelte. Atlantis und der Garten

* Geoffrey Chaucer (1340–1400): *Canterbury Tales*, Prolog (übers. von N. Stingl)

der Hesperiden*, eine Art irdischen Paradieses, scheinen der Große Westen der alten Griechen gewesen zu sein, eingehüllt in Mysterien und Poesie. Wer hat, wenn er einen Sonnenuntergang sah, in seiner Phantasie nicht schon den Garten der Hesperiden, die Quelle all dieser Sagen, erblickt?

Columbus hat den Drang nach Westen stärker empfunden als irgendein anderer zuvor. Er gab ihm nach und entdeckte eine Neue Welt für Kastilien und Leon. Die Menschenherde jener Tage witterte von ferne neue Weidegründe.

* Gemäß einer griechischen Sage bewachten die Hesperiden einen Baum mit goldenen Äpfeln. Herakles »machte sich auf den langen und abenteuerlichen Weg, auf welchem er sich dem blinden Zufall überließ, denn er wußte nicht, wo die Hesperiden wohnten.« Schließlich gelang es ihm, die goldenen Äpfel zu stehlen.

Nun, da die Sonne auf die Hügel
hingestreckt,
Nun, da im Westen sie im Meer
versank,
Erhob er sich und rafft' des Mantels
Blau:
Und morgen fort zu neuer, frischer
Au.*

Wo auf dem Erdball findet sich ein Land von ähnlicher Ausdehnung wie das, welches unsere Bundesstaaten umfassen, ein Land, so reich und fruchtbar, so vielfältig in seinen Erzeugnissen und zugleich für Europäer so bewohnbar wie das unsere? Michaux, der nur einen Teil davon kannte, schrieb, daß »die Artenvielfalt großer Bäume in Nordamerika weit grö-

* John Milton (1608–1674): *Lycidas*

ßer [ist] als in Europa; in den Vereinigten Staaten gibt es mehr als einhundertvierzig Arten, welche eine Höhe von über zehn Metern erreichen, während es in Frankreich nur dreißig sind.«* Spätere Botaniker haben seine Beobachtungen bestätigt. Humboldt reiste auf der Suche nach der tropischen Vegetation seiner Kindheitsträume nach Amerika und fand sie in ihrer größten Perfektion in den Urwäldern des Amazonas, der gewaltigsten Wildnis der Erde, die er so eindrucksvoll beschrieben hat. Der Geograph Guyot, auch er ein Europäer, geht noch weiter, als ich bereit bin, ihm zu folgen – was allerdings nicht für diese Stelle gilt, an der er schreibt: »So wie die

* André Michaux (1746–1802), bedeutender französischer Botaniker, der die Pflanzenwelt Nordamerikas zwölf Jahre lang erforschte

Pflanze für das Tier, die Pflanzenwelt für die Tierwelt bestimmt ist, so ist Amerika für den Menschen der Alten Welt bestimmt... Der Mensch der Alten Welt begibt sich auf eine Reise. Er läßt die Hochländer Asiens hinter sich und steigt hinab in die Tiefländer Europas. Jeder Abschnitt dieser Reise ist charakterisiert durch eine größere Gestaltungskraft und eine neue Zivilisation, die der vorangegangenen überlegen ist. Er erreicht den Atlantik, hält am Ufer dieses fremden Ozeans, dessen Ausdehnung er nicht kennt, inne und kehrt für kurze Zeit um.« Als er die fruchtbare Erde Europas erschöpft und sich mit neuen Kräften versehen hat, »setzt er, wie in Urzeiten, seine abenteuerliche Reise nach Westen fort«. Soweit Guyot.

Dieser Drang nach Westen und die

Konfrontation mit der Begrenzung durch den Atlantik brachten den Handel und Wandel der modernen Zeit hervor. Der jüngere Michaux schreibt in seinem Buch *Reisen westlich der Alleghanies im Jahr 1802*, die häufigste Frage im neu besiedelten Westen Amerikas laute: »›Aus welchem Teil der Erde bist du hierhergekommen?‹ Als wären diese weiten, fruchtbaren Regionen der natürliche Ort der Begegnung und die eigentliche Heimat aller Bewohner der Erde.«

In Anlehnung an ein altes lateinisches Sprichwort könnte ich sagen: *Ex oriente lux, ex occidente frux* – aus dem Osten das Licht, aus dem Westen die Frucht.

Sir Francis Head, englischer Reisender und Generalgouverneur von Kanada, verrät uns, daß »die Natur sowohl in der nördlichen als auch in der südlichen Hemisphäre der Neuen Welt das ganze Bild mit Farben gemalt hat, die leuchtender und kostbarer sind als die, mit denen sie die Alte Welt entworfen und geschmückt hat... Das Firmament über Amerika erscheint unendlich viel höher, der Himmel ist blauer, die Luft ist frischer, der Mond wirkt größer, die Sterne funkeln heller, der Donner ist lauter, die Blitze sind greller, der Wind ist stärker, der Regen ist heftiger, die Berge sind höher, die Flüsse länger, die Wälder größer und die Ebenen weiter.« Diese Schilderung steht in gewissem Widerspruch zu der Beschreibung, die Buffon* von diesem Teil der Welt und seinen Produkten gegeben hat.

* Georges-Louis Leclerc, Comte de Buffon (1707 bis 1788), französischer Naturforscher

Linné* hat vor langer Zeit gesagt: »*Nescio quae facies laeta, glabra plantis Americanis* – Ich weiß nicht, was es ist, das die amerikanischen Pflanzen so freundlich und glatt macht.« Ich glaube, daß es hierzulande keine oder allenfalls sehr wenige *Africanae bestiae* gibt – afrikanische Bestien, wie die Römer sie nannten – und daß unser Land auch in dieser Hinsicht für die Besiedelung durch den Menschen überaus geeignet ist. Man hört, daß keine drei Meilen vom Zentrum der ostindischen Stadt Singapur entfernt jährlich mehrere Menschen von Tigern gerissen werden, doch in Nordamerika kann ein Reisender fast überall sein Nachtlager im Wald aufschlagen, ohne wilde Tiere fürchten zu müssen.

* Carl von Linné (1707–1778), schwedischer Naturforscher und Botaniker

Dies sind ermutigende Berichte. Wenn der Mond hier größer wirkt als in Europa, dann gilt für die Sonne vielleicht dasselbe. Wenn das Firmament in Amerika unendlich viel höher erscheint und die Sterne heller funkeln, dann bin ich zuversichtlich, daß diese Umstände die Höhen symbolisieren, zu denen sich Philosophie, Dichtkunst und Religion seiner Bewohner eines Tages aufschwingen werden. Letztlich werden dem amerikanischen Geist das ungreifbare Firmament und die Weisungen seiner Sterne vielleicht um so verheißungsvoller erscheinen. Ich glaube nämlich, daß das Klima den Menschen beeinflußt – denn die Bergluft hat etwas, was den Geist nährt und ihn inspiriert. Wird ein Mensch, der diesen Einflüssen ausgesetzt ist, nicht sowohl geistig als auch körperlich zu größerer Vollkommenheit gelangen? Oder ist es belanglos, wie viele neblige Tage es in seinem Leben gibt? Ich bin sicher, daß wir phantasievoller sein werden, daß unsere Gedankenwelt so klar, frisch und erdentrückt sein wird wie der Himmel über uns, unser Begriffsvermögen so weit und ausgedehnt wie unsere Ebenen, unser allgemeiner Verstand so beeindrukkend wie unsere Blitze und Donnerschläge, unsere Flüsse, Berge und Wälder und daß unsere Herzen, was ihre Größe, Tiefe und Erhabenheit betrifft, den Vergleich mit unseren Seen nicht werden scheuen müssen. Vielleicht wird dem Reisenden sogar in unseren Gesichtern etwas undefinierbar Freundliches und Glattes auffallen. Warum sonst besteht die Welt weiter, warum sonst ist Amerika entdeckt worden?

Amerikaner brauche ich kaum daran zu erinnern:

Der Stern des Reiches führt nach Westen.*

Als echter Patriot sollte ich mich schämen, zu denken, daß Adam im Paradies alles in allem angenehmer lebte als ein Hinterwäldler hierzulande.

In Massachusetts gilt unsere Zuneigung nicht allein Neuengland; dem Süden mögen wir entfremdet sein, doch sympathisieren wir mit dem Westen. Dort ist die neue Heimat der jüngeren Söhne der Skandinavier, die aufs Meer hinausfuhren, um ihr Erbteil zu erlan-

* Eigentlich: »Der Weg des Reiches führt nach Westen.« George Berkeley (1685–1753): *On the Prospects of Planting Arts and Learning in America*

gen. Es ist zu spät, um Hebräisch zu lernen; wichtiger ist es, die heutige Umgangssprache zu verstehen.

Vor einigen Monaten betrachtete ich ein Panoramabild des Rheins. Es war wie ein Traum aus dem Mittelalter. Ich stellte mir vor, wie ich den historischen Strom hinabtrieb, unter Brücken hindurch, die von den Römern gebaut und von späteren Helden instandgesetzt worden waren, vorbei an Städten und Burgen, deren Namen mir wie Musik in den Ohren klangen und deren jede ein Stoff ist, aus dem Legenden gemacht sind. Ich sah Ehrenbreitstein, Rolandseck und Koblenz, die ich lediglich als Schauplätze der Geschichte kannte. Es waren die Ruinen, die mich vornehmlich interessierten. Vom Fluß und von den weinbepflanzten Hügeln und Tälern schien eine leise Musik auszugehen, eine Musik wie die von Kreuzrittern, die ins Heilige Land aufbrechen. Ich glitt wie verzaubert dahin, als wäre ich in ein heroisches Zeitalter versetzt, als atmete ich die Luft der Ritterzeit.

Wenig später betrachtete ich ein Panoramabild des Mississippis, und als ich mich im Licht der Gegenwart den Fluß hinaufarbeitete, als ich beobachtete, wie die Dampfschiffe Feuerholz aufnahmen und die Indianer westwärts über den Fluß setzten, als ich die entstehenden Städte zählte und die frischen Ruinen in Nauvoo* musterte, als ich sah, wie der Ohio und der Missouri in den Mississippi mündeten wie zuvor die Mosel in

* In Nauvoo, Illinois, stand Amerikas erster großer Mormonentempel, der 1848 niedergebrannt wurde.

den Rhein, als ich die Legenden von Dubuque und von Wenona's Cliff vernahm – wobei ich noch immer mehr an die Zukunft als an die Gegenwart oder die Vergangenheit dachte –, da erkannte ich, daß dies ein anderer Rhein ist, daß die Grundsteine der Burgen erst noch gelegt und die berühmten Brücken erst noch geschlagen werden müssen, und ich spürte, daß *dies unser heroisches Zeitalter ist,* auch wenn wir es nicht wissen, weil der Held gewöhnlich ein äußerst schlichter und unauffälliger Mann ist.

Der Westen, von dem ich spreche, ist nichts anderes als das Wilde, und worauf ich hinauswill, ist dies: Die Wildheit garantiert die Erhaltung der Welt. Jeder Baum reckt seine Zweige und Wurzeln und sucht nach dem Wilden. In den

Städten zahlt man hohe Preise für das Wilde. Man bearbeitet das Land und befährt die Meere, um das Wilde zu finden. Aus den Wäldern, aus der Wildnis stammen die Rinden und Stimulantien, die den Menschen Kraft spenden. Unsere Ahnen waren Wilde. Die Geschichte von Romulus und Remus, die von einer Wölfin gesäugt wurden, ist nicht bloß irgendeine Sage. Die Begründer aller Staaten, welche zu großen Mächten wurden, haben ihre Kraft und Stärke aus ähnlichen Quellen der Wildheit bezogen. Und weil die Kinder des römischen Reiches nicht mehr von Wölfinnen gesäugt wurden, konnten die Kinder der Wälder des Nordens, die diesen Vorzug genossen, sie besiegen und verdrängen.

Ich glaube an die Wälder, an die Wildwiesen und an die Nacht, die den Mais wachsen läßt. Wir sollten Tee aus den Trieben der Schierlingstanne oder des Lebensbaums trinken. Es ist ein Unterschied, ob man aus purer Völlerei ißt und trinkt oder weil man Kraft gewinnen will. Die Hottentotten essen begierig und mit großer Selbstverständlichkeit das rohe Knochenmark von Kudus und anderen Antilopen. Bei einigen nördlichen Indianerstämmen verzehrt man das rohe Mark von Rentieren sowie verschiedene andere Teile, darunter auch die Geweihspitzen, solange diese noch weich sind. Damit haben diese Menschen den Köchen von Paris vielleicht einiges voraus. Sie essen, was für gewöhnlich weggeworfen wird, und das ist wahrscheinlich besser geeignet, Männern Stärke zu verleihen, als gemästete Schweine und Rinder aus dem Schlachthof. Ich will eine

Wildheit, deren Anblick keine Zivilisation ertragen kann – als lebten wir vom rohen Knochenmark der Kudus.

Ich würde mich gern in den Pausen niederlassen, welche die Walddrossel zwischen den Strophen ihrer Lieder einlegt – wilde Gegenden, in denen noch kein Siedler seine Hütte gebaut hat, mit denen ich jedoch, wie mir scheint, bereits wohlvertraut bin.

Cummings*, der als Jäger in Afrika war, berichtet, die Haut einer Elenantilope, wie übrigens auch die der meisten anderen frisch erlegten Antilopen, verströme einen höchst angenehmen Duft nach Bäumen und Gras. Ich wollte, jeder wäre wie eine wilde Antilope: ein so un-

* Roualeyn Gordon-Cummings (1820–1865) schrieb über die Großwildjagd in Afrika.

trennbarer Bestandteil der Natur, daß er unseren Sinnen seine Anwesenheit auf so erfreuliche Weise verkündet und uns an jene Bereiche der Natur gemahnt, in denen er sich am häufigsten aufhält. Ich sehe keinen Anlaß zum Spott, wenn vom Mantel eines Trappers ein Geruch nach Bisamratten ausgeht; für mich ist das ein süßerer Duft als jener, den die Garderoben von Kaufleuten oder Gelehrten gewöhnlich verbreiten. Wenn ich die Schränke dieser Menschen öffne und ihre Kleider begutachte, fühle ich mich nicht an grasbewachsene Ebenen und blumenübersäte Wiesen erinnert, auf denen sie sich aufgehalten haben könnten, sondern vielmehr an staubige Kontore und Bibliotheken.

Sonnengebräunte Haut ist mehr als ehrbar, und eine bronzefarbene Tönung der Haut ist für den Menschen – einen Bürger des Waldes – vielleicht angemessener als eine weiße. »Der bleiche weiße Mann!« Es wundert mich nicht, daß Afrikaner ihn bedauerten. Der Naturforscher Darwin sagt: »Ein Weißer, der an der Seite eines Tahitianers badete, nahm sich aus wie eine durch des Gärtners Kunst gebleichte Pflanze neben einer kräftigen, dunklen, in freier Natur gedeihenden Pflanze.«

Ben Jonson* sagt: »Wie nah das Gute ist dem Schönen!«

Ich dagegen sage Wie nah das Gute ist dem *Wilden*!

Das Leben befindet sich im Einklang mit dem Wilden. Das Wildeste ist auch das Lebendigste. Es ist noch nicht den

* Ben Jonson (1572–1637), englischer Dichter

Menschen unterworfen, und seine Anwesenheit erfrischt sie. Einer, der rasch wüchse und vom Leben unendlich viel erwartete, der unablässig vorwärts drängte und in seinen Anstrengungen nie rastete, fände sich stets in einem neuen Land, einer neuen Wildnis wieder, umgeben vom Rohstoff des Lebens. Er würde über die hingestreckten Stämme urwüchsiger Waldbäume klettern.

Für mich wohnen Hoffnung und Zukunft nicht in Rasenflächen und kultivierten Feldern, nicht in Dörfern und Städten, sondern in unzugänglichen, schwankenden Sümpfen. Als ich vor einiger Zeit der Frage nachging, warum eine bestimmte Farm, deren Kauf ich erwog, mir so gefiel, stellte ich fest, daß mich lediglich ein paar Hektar weglosen, bodenlosen Morastes interessierten, ein natürlicher Sumpf in einer Ecke des Grundstücks. Das war das Juwel, das mich blendete. Die Sümpfe in der Umgebung meines Heimatortes sind für mein Leben wichtiger als die gepflegten Gärten des Städtchens. In meinen Augen können französische Gärten nicht hübscher sein als die dichten Kissen der Torfgränke, die diese empfindlichen Stellen der Erde bedecken. Die Botanik verrät mir lediglich die Namen der Pflanzen, die dort im schwankenden Sumpfmoos wachsen: Blaubeere, Rispentragende Rosmarinheide, Lorbeerrose, Azalee, Kanadische Alpenrose. Ich denke oft, daß es mir gut gefiele, wenn es vor meinem Haus weder Blumentöpfe noch Beete, weder verpflanzte Tannen noch getrimmte Buchsbaumhecken, ja nicht einmal kiesbestreute Wege gäbe, sondern diese vielen stumpfroten Büsche, dieses fruchtbare Fleckchen statt der in ein paar Schubkarren gelieferten Erde, die bloß dazu dient, den beim Ausheben des Kellers zutage geförderten Sand zu bedecken. Warum soll mein Haus, mein Wohnzimmer, nicht an jener Stelle stehen anstatt hinter diesem kümmerlichen Sammelsurium von Kuriositäten, diesem blassen Abklatsch von Natur und Kunst, den ich als meinen Vorgarten bezeichne? Es macht nur Mühe, ihn aufzuräumen und ihm, wenn Maurer und Zimmerer ihr Werk getan haben, ein respektables Aussehen zu verleihen, und dies geschieht ebensosehr für das Auge des Passanten wie für das des Bewohners. Selbst der geschmackvollste Vorgartenzaun war für mich nie ein lohnenswertes Objekt der Betrachtung; selbst von den kunstvollsten Verzierungen – Eichelornamente und was dergleichen mehr ist – wende ich mich bald überdrüssig ab. Man lege die Schwelle seiner Vordertür an den Rand eines Sumpfes (auch wenn das kaum der beste Ort für ein Haus mit einem trockenen Keller ist), so daß der Zugang von dieser Seite versperrt ist. Vorgärten sind nicht geschaffen, um darin umherzuwandeln, sondern bestenfalls, um sie zu durchqueren, und wer will, kann das Haus ja durch die Hintertür betreten.

Ja, man mag mich für toll halten, doch wenn ich die Wahl hätte zwischen einem Haus in der Nachbarschaft des schönsten Gartens, den menschliche Kunst je geschaffen hat, und einem anderen neben einem düsteren Sumpf, so würde ich mich gewiß für das Haus am Sumpf entscheiden. An mich, ihr Bürger, sind all eure Mühen verschwendet!

Meine Stimmung hebt sich stets um so mehr, je größer die Trübseligkeit meiner Umgebung ist. Gebt mir einen Ozean, eine Wüste, eine Wildnis! In der Wüste entschädigen Einsamkeit und reine Luft für den Mangel an Wasser und Fruchtbarkeit. Der Forscher Burton* schreibt darüber: »Die *Moral* verbessert sich, man wird offen und herzlich, gastfreundlich und aufrichtig ... In der Wüste erregen alkoholische Getränke allenfalls Ekel. Man spürt eine reine Lust an seiner animalischen Existenz.« Reisende, die lange durch die tatarische Steppe gezogen waren, schreiben: »Als wir uns besiedelten

* Richard Francis Burton (1821–1890), britischer Entdeckungsreisender

Gegenden näherten, fielen die Erregung, die Wirrnis und der Tumult der Zivilisation über uns her und nahmen uns den Atem; es war, als bekämen wir keine Luft mehr, und wir glaubten, jeden Augenblick ersticken zu müssen.« Wenn ich Erholung brauche, suche ich den dunkelsten Wald, den undurchdringlichsten, ausgedehntesten und – für den normalen Bürger – trübseligsten Sumpf auf. Ich betrete ihn wie einen heiligen Ort, wie ein *sanctum sanctorum.* Dort ist die Kraft, das Mark der Natur. Der ungezähmte Wald wächst auf jungfräulicher Erde – und Bäumen wie Menschen tut dieselbe Erde gut. So viele Fuhren Mist die Äcker eines Bauern brauchen, so viele Morgen Wiesen braucht der Mensch, um gesund zu bleiben. Sie sind das kraftspendende Fleisch, von dem er sich nährt. Eine Stadt wird nicht nur durch die Gerechten gerettet, die in ihr wohnen, sondern ebensosehr durch die Wälder und Sümpfe in ihrer Umgebung. Ein Gemeinwesen, auf dessen Gebiet ein urwüchsiger Wald seine Wipfel erhebt (und unter dem ein anderer urwüchsiger Wald verrottet), bringt nicht nur Korn und Kartoffeln hervor, sondern auch die Dichter und Philosophen kommender Zeiten. Aus solcher Erde wuchsen Homer und Konfuzius und die anderen, und aus solcher Wildnis kommt der Erneuerer, der von Heuschrecken und wildem Honig lebt.

Um wilde Tiere zu erhalten, muß man einen Wald als Lebensraum und Zuflucht anlegen. Nicht anders verhält es sich mit den Menschen. Vor hundert Jahren verkaufte man auf unseren Straßen Rinde von heimischen Bäumen. Der bloße Anblick dieser urwüchsigen, knorrigen Bäume hatte, scheint mir, etwas Gerbendes, das die Fasern der menschlichen Gedanken härtete und verdichtete. Ach! mich schaudert, wenn ich an die vergleichsweise degenerierte Gegenwart meiner Heimatstadt denke, da man keine Wagenladung Rinde von guter Stärke kaufen kann und wir nicht mehr Teer und Terpentin produzieren.

Auf dem Humus urtümlicher, vor langer Zeit vermoderter Wälder entstanden die zivilisierten Nationen – Griechenland, Rom, England –, und ihr Bestehen ist nur so lange gesichert, wie dieser Humus nicht verbraucht ist. Arme menschliche Kultur! Wenig ist von einer Nation zu erwarten, wenn ihre Ackerkrume erschöpft ist und sie die Knochen ihrer Ahnen zu Dünger verarbeiten muß. Dann nährt sich der Dichter nur noch von seinem überschüssigen Fett, und der Philosoph muß auf das Mark seiner Knochen zurückgreifen.

Es heißt, die Aufgabe des Amerikaners sei es, »den jungfräulichen Boden zu bearbeiten«, und bereits jetzt habe »die Landwirtschaft Proportionen erreicht, die anderswo unbekannt« seien. Ich glaube, der Farmer verdrängt ebendarum den Indianer, weil er die Wiesen erlöst und daher stärker und in mancherlei Hinsicht natürlicher wird als dieser. Kürzlich vermaß ich für einen Mann eine 660 Meter lange gerade Linie durch einen Sumpf, an dessen Eingang die Worte hätten stehen können, die Dante über dem Eingang der Hölle las: »Laßt, die ihr eingeht, jede Hoffnung fahren« – soll heißen, die Hoffnung, je wieder herauszukommen. Einmal sah ich meinen Auftraggeber tatsächlich bis zum Hals in seinem Besitz um sein Leben schwimmen, und dabei war es noch Winter. Er besaß noch einen anderen, ähnlichen Sumpf, den ich nicht vermessen konnte, weil er vollständig überschwemmt war. Seinem Instinkt getreu bemerkte er in Hinblick auf einen dritten Sumpf, den ich aus der Entfernung begutachtete, er werde sich um keinen Preis davon trennen, und zwar wegen des Schlamms, den er enthalte. Nun hat er vor, innerhalb von vierzig Monaten einen Entwässerungsgraben rings um den Sumpf zu ziehen und ihn so, mit dem Zauber seines Spatens, zu befreien. Ich erwähne diesen Mann hier nur als einen Vertreter eines ganzen Standes.

Die Waffen, mit denen wir unsere

wichtigsten Siege errungen haben und die vom Vater auf den Sohn vererbt werden sollten, sind nicht Schwert und Lanze, sondern Buschmesser, Torfstecher, Spaten und Hacke, verkrustet vom Blut so mancher Wiese und bedeckt mit dem Staub so manchen hart umkämpften Feldes. Der Wind wehte das Maisfeld des Indianers in die wilden Wiesen und gab ihm damit einen Wink, dem zu folgen dieser jedoch nicht imstande war. Er besaß kein besseres Gerät, um sich in das Land einzugraben, als eine Muschelschale, der Farmer hingegen ist mit Spaten und Pflugschar bewaffnet.

In der Literatur fasziniert uns nur das Wilde. Langweiligkeit ist nur ein anderes Wort für Zahmheit. Uns erfreuen die unzivilisierten, freien, wilden Gedanken in *Hamlet*, in der *Ilias* und in allen Schriften und Mythen, welche nicht in den Schulen gelehrt werden. Die Wildente ist schöner und gewandter als die Hausente, und dasselbe gilt auch für die wilden Gedanken, die, wenn sich der Tau herabsenkt, über dem Sumpf umherfliegen. Ein wirklich gutes Buch ist etwas so Natürliches, etwas so unerwartet und unerklärlich Schönes und Vollkommenes wie eine auf der Prärie des Westens oder im Urwald des Ostens entdeckte Wildblume. Genie ist ein Licht, welches die Finsternis sichtbar macht. Es gleicht einem Blitz, der den Tempel des Wissens in Trümmer legen kann, und nicht einer Kerze, die auf dem Kaminsims der Menschen entzündet wird und vor dem Licht des gewöhnlichen Tages verblaßt.

Die englische Literatur – von den Tagen der Minnesänger bis zu den Lake

Poets* – hat nichts wirklich Frisches und in diesem Sinne Wildes; das gilt auch für Chaucer, Spenser und Milton, ja sogar für Shakespeare. Es ist eine im Grunde zahme und zivilisierte Literatur, die in Griechenland und Rom verwurzelt ist. Ihre Wildnis ist der grüne Wald, und ihr wilder Mann ist Robin Hood. Man findet in ihr viel freundliche Liebe zur Natur, aber wenig von der Natur selbst. Ihre Aufzeichnungen verraten uns, wann die wilden Tiere Englands ausgestorben sind, nicht aber, wann der wilde Mann in ihr ausgestorben ist.

Die Wissenschaft eines Humboldt ist eine Sache, Poesie jedoch eine ganz andere. Trotz aller wissenschaftlichen Entdeckungen, trotz allen Wissens, das die

* Englischer Dichterkreis um William Wordsworth, Samuel Coleridge und Robert Southey

Menschheit zusammengetragen hat, genießt der Dichter unserer Tage keinen Vorteil vor Homer.

Wo ist die Literatur, die der Natur Ausdruck verleiht? Das wäre ein Dichter, der die Winde und Flüsse in seine Dienste nehmen könnte, damit sie für ihn sprächen; der Worte an ihrem urtümlichen Sinn festnagelte wie ein Farmer, der einen Pfahl in eine eingefrorene Quelle treibt, um sie wieder sprudeln zu lassen; der die Worte ebenso oft ableitete, wie er sie benutzte, und sie mitsamt der an den Wurzeln haftenden Erde auf das Papier verpflanzte; dessen Worte so wahr und frisch und natürlich wären, daß sie sich öffneten wie Knospen beim Nahen des Frühlings, auch wenn sie halb erstickt zwischen den muffigen Seiten eines Buches in einer Bibliothek lägen –

ja, um zu blühen und Frucht zu tragen, ein jegliches nach seiner Art, Jahr für Jahr, für den treuen Leser und in Einklang mit der Natur ringsum.

Ich vermag keine Gedichte zu zitieren, die diese Sehnsucht nach dem Wilden angemessen wiedergeben. Unter diesem Gesichtspunkt erscheinen alle Gedichte zahm. Ich weiß nicht, wo in der antiken oder modernen Literatur ich Schilderungen finden könnte, die der Natur, wie ich sie kenne, entsprechen. Wie man sieht, stelle ich eine Forderung, welche weder das augusteische noch das elisabethanische Zeitalter, ja, kurz gesagt, keine *Kultur* erfüllen kann. Die Mythologie kommt dem Ziel noch am nächsten. In einer wieviel fruchtbareren Natur jedenfalls wurzelt die griechische Mythologie im Vergleich zur englischen Literatur!

Die Mythologie ist die Frucht, welche die Alte Welt hervorgebracht hat, bevor ihre Erde verbraucht war, bevor Phantasie und Schöpferkraft vom Mehltau befallen wurden, und welche sie noch immer hervorbringt, wo ihre ursprüngliche Kraft unvermindert ist. Alle anderen Literaturen harren nur aus wie die Ulmen, die unsere Häuser beschatten, doch die Mythologie ist wie der große Drachenbaum der Azoren. Sie ist so alt wie die Menschheit und wird, sofern die Menschheit überlebt, so lange leben wie sie, denn der Verfall der anderen Literaturen erzeugt den Humus, in dem sie gedeiht.

Der Westen schickt sich an, den Sagen des Ostens seine eigenen hinzuzufügen. Die Täler des Ganges, des Nils und des Rheins haben ihre Früchte getragen, und nun wird man sehen, was die Niederungen des Amazonas, des Rio de la Plata, des Orinokos, des Sankt-Lorenz-Stroms und des Mississippis hervorbringen. Wenn die amerikanische Freiheit einst eine Fiktion der Vergangenheit geworden sein wird – sie ist in gewissem Maße ja bereits in der Gegenwart eine Fiktion –, werden die Dichter der Welt vielleicht von der amerikanischen Mythologie inspiriert werden.

Die wildesten Träume der Wilden sind bei all ihrer Wildheit nicht weniger wahr, auch wenn sie dem Verstand, welcher unter Engländern und Amerikanern im Augenblick als der gesündeste betrachtet wird, nicht leicht zugänglich sind. Nicht jede Wahrheit ist dem gesunden Menschenverstand zugänglich. In der Natur hat die wilde Klematis ebenso ihren Platz wie der Kohl. Manche Manifestationen der Wahrheit rufen Erinnerungen wach, andere sind bloß *fühlbar,* wie man sagt, und wieder andere sind prophetisch. Manche Krankheiten mögen gar eine Form von Gesundheit prophezeien. Geologen haben entdeckt, daß Schlangen, Greife, geflügelte Drachen und andere Fabelwesen der Heraldik ihre Vorbilder in fossilen, bereits vor der Entstehung des Menschen ausgestorbenen Spezies haben und somit auf »ein entferntes, schemenhaftes Wissen um versunkene Formen des Lebens« hindeuten. Die Hindus glauben, die Welt ruhe auf einem Elefanten, der Elefant stehe auf einer Schildkröte, und die Schildkröte liege auf einer Schlange; und obgleich das ein unbedeutender Zufall sein mag, erscheint es mir angebracht, an dieser Stelle darauf hinzuweisen, daß man in Asien kürzlich das Fossil einer Schildkröte gefunden hat, die groß genug war, einen Elefanten zu tragen. Ich gestehe, daß diese wilden, den geordneten Ablauf der Zeit und der Entwicklung transzendierenden Phantasien mir gefallen. Sie sind die sublimste Entspannung des Intellekts. Das Rebhuhn liebt Erbsen, allerdings nicht die, mit welchen es den Kochtopf teilt.

Mit einem Wort: Alles Gute ist wild und frei. Im Klang einer Musik, sei sie hervorgebracht durch ein Instrument oder die menschliche Stimme – man denke beispielsweise an ein Hornsignal in einer warmen Sommernacht –, ist etwas, was, und ich sage das ohne jede Ironie, an die Schreie wilder Tiere in ihren heimatlichen Wäldern gemahnt. Es verrät mir so viel von ihrer Wildheit, wie ich verstehen kann. Ich will als Freunde und

Nachbarn wilde Menschen haben, nicht zahme. Die Wildheit der Primitiven ist nur ein blasser Abklatsch der ungezügelten Wildheit, mit der gute Männer und Liebende sich begegnen.

Es gefällt mir auch, wenn ich sehe, wie Haustiere ihr Geburtsrecht in Anspruch nehmen, wenn ich irgendeinen Hinweis darauf bemerke, daß sie ihre ursprünglichen wilden Kräfte und Gewohnheiten nicht ganz verloren haben, so zum Beispiel, wenn die Kuh meines Nachbarn zu Beginn des Frühlings den Zaun um ihre Weide durchbricht und kühn den Fluß durchschwimmt, eine durch die Schneeschmelze angeschwollene, kalte, graue Wassermasse, 125 bis 150 Meter breit. Dann ist sie ein Büffel, der den Mississippi durchquert. Die Tat verleiht in meinen Augen dem gezähmten, ohnehin würdevollen Tier noch mehr Würde. Gleich dem Samen, den die Erde birgt, bleibt unter der dicken Haut von Kühen und Pferden der Same des Instinkts für unbestimmte Zeit bewahrt.

Beim Vieh kommt jeder Übermut unerwartet. Ich sah einmal eine aus einem Dutzend Ochsen und Kühen bestehende Herde in unbeholfener Ausgelassenheit rennen und umherspringen, als wären sie riesige Ratten oder gar junge Katzen. Sie schüttelten die Köpfe, stellten die Schwänze auf und galoppierten einen Hügel hinauf und hinunter, und an ihren Hörnern und an dem, was sie taten, erkannte ich ihre Verwandtschaft mit den Hirschen. Doch leider: Ein unvermitteltes, lautes »Ho!« hätte ihren Frohsinn sogleich gedämpft, sie aus Wild zurück in Vieh verwandelt und ihre Muskeln und Sehnen zu bloßen Instrumenten mechanischer Fortbewegung gemacht. Wer, wenn nicht der Teufel, hätte der Menschheit je ein »Ho!« zugerufen? Das Leben des Viehs – wie das vieler Menschen – besteht bloß aus einer Art Fortbewegung; sie setzen immer nur einen Fuß vor den anderen, und mit seinen Maschinen hat sich der Mensch den Ochsen und Pferden angenähert. Jeder Körperteil, den die Peitsche berührt hat, ist fortan gelähmt. Wir sprechen von einer Rinderseite, aber wer würde den Begriff *Seite* auf einen Körperteil von Vertretern der geschmeidigen Familie der Katzen anwenden?

Es freut mich, daß Pferde und Stiere erst abgerichtet werden müssen, bevor man sie zu Sklaven des Menschen machen kann, und daß auch Menschen noch ein paar wilde Haferkörner zu verstreuen haben, bevor sie zu zahmen Mitgliedern der Gesellschaft werden. Fraglos sind nicht alle Menschen gleichermaßen geeignet für die Zivilisation, und die Tatsache, daß die Mehrheit durch Veranlagung so fügsam wie Hunde oder Schafe ist, rechtfertigt nicht, daß man die übrigen abrichtet, bis sie dasselbe Maß an Fügsamkeit erreicht haben. Die Menschen sind im großen und ganzen gleich, doch im einzelnen unterscheiden sie sich, damit es Besonderheiten gibt. Alltägliche Anforderungen kann der eine beinahe oder ebenso gut wie der andere erfüllen, doch wo schwierige Aufgaben zu lösen sind, sollte man auf individuelle Vortrefflichkeit achten. Jeder kann ein Loch verstopfen, um den Wind auszusperren, aber kein anderer besitzt die seltene Gabe des Autors folgender Illustration. »Die

Häute von Tigern und Leoparden«, sagt Konfuzius, »sind gegerbt nicht anders als die gegerbten Häute von Hunden und Schafen.« Es kann allerdings nicht die Aufgabe wahrer Kultur sein, Tiger zu zähmen, ebensowenig wie es ihre Aufgabe ist, Schafe zu wilden Bestien zu machen; und das Gerben ihrer Häute, um Schuhe daraus zu verfertigen, ist nicht der beste Nutzen, den man aus diesen Tieren ziehen kann.

Wenn ich eine Aufstellung von Namen in einer fremden Sprache lese, beispielsweise eine Liste von Offizieren oder von Autoren, die über ein bestimmtes Thema geschrieben haben, so werde ich daran erinnert, daß ein Name nichts bedeutet. Der Name Menschikow zum Beispiel klingt in meinen Ohren nicht menschlicher als ein Schnurrbart, und der könnte auch der einer Ratte sein. Den Polen und Russen klingen unsere Namen nicht anders als uns die ihren. Es ist, als stammten sie aus den Abzählreimen von Kindern: *Ene Dene Ditschen Datschen Zwibbel Bibbel Boneratschen.* Vor meinem geistigen Auge sehe ich eine Herde wilder Tiere über das Land schweifen, und jedem einzelnen hat der Hirte irgendeinen barbarischen Laut seiner Sprache zugeordnet. Die Namen von Menschen sind natürlich ebenso wohlfeil und bedeutungslos wie die Hundenamen *Fido* oder *Bonzo.*

Mir scheint, es wäre für die Philosophie von Nutzen, wenn Menschen lediglich im ganzen, als Masse, benannt würden – so, wie man sie wahrnimmt. In diesem Fall müßte man nur das Geschlecht sowie vielleicht die Rasse oder den Stamm kennen, um das Individuum zu kennen. Es fällt uns schwer, zu glauben, daß jeder einzelne Fußsoldat einer römischen Armee einen eigenen Namen hatte, denn wir glauben nicht, daß er einen eigenen Charakter besaß. Im Augenblick sind Spitznamen die einzigen wirklichen Namen, die wir haben. Ich kannte einen Jungen, der wegen seiner eigentümlichen Energie von seinen Freunden »Buster« genannt wurde, und dieser Spitzname ersetzte mit gutem Recht seinen Taufnamen. Einige Entdeckungsreisende berichten, daß ein Indianer zunächst gar keinen Namen erhielt, sondern ihn sich vielmehr verdienen mußte. Sein Ruf war sein Name, und bei einigen Stämmen bekam er mit jeder neuen Tat einen neuen Namen. Es ist jämmerlich, wenn ein Mann, der sich weder einen Namen noch einen Ruf erworben hat, seinen Namen nur der Bequemlichkeit halber trägt.

Ich lasse mich nicht verführen, aus bloßen Namen einen Unterschied abzuleiten, sondern betrachte die Menschen als eine große Herde. Ein vertrauter Name macht mir einen Fremden nicht weniger fremd. Man mag diesen Namen ebensogut einem Wilden geben, der den Titel, welchen er sich im Wald erworben hat, geheimhält. Wir haben in uns einen Wilden, und irgendwo ist vielleicht unser wilder Name verzeichnet. Ich sehe, daß mein Nachbar, der den vertrauten Namen William oder Edwin trägt, diesen zusammen mit seiner Jacke auszieht. Sein Name haftet nicht an ihm, nicht wenn er schläft oder wütend ist, nicht wenn ihn eine Leidenschaft oder eine Inspiration überkommt. Bei solchen Gelegenheiten glaube ich zu hören, wie sein eigentlicher, wilder Name von seinen nächsten Verwandten in einer zungenbrechenden oder auch melodischen Sprache ausgesprochen wird.

Ringsum liegt unsere riesige, heulende Mutter Natur, so schön und um ihre Kinder so besorgt wie eine Leopardin, und doch werden wir ihrer Brust so früh entwöhnt und wenden uns der Gesellschaft zu, jener Kultur, die ausschließlich aus der Interaktion zwischen Menschen besteht – es ist eine Art intensiver Inzucht, die bestenfalls einen englischen Adel hervorbringt, eine Zivilisation, die nur allzu bald an ihre Grenzen stoßen muß.

In der Gesellschaft und in den besten Institutionen der Menschen kann man leicht eine gewisse Frühreife ausmachen. Wir sind bereits kleine Männer, wenn wir doch noch im Wachstum begriffene Kinder sein sollten. Gebt mir eine Kultur, die viel Schlamm von den Sumpfwiesen holt und ihn in den Boden einarbeitet, anstatt sich allein auf erwärmten Mist, verbesserte Geräte und neue Kultivierungsmethoden zu verlassen!

Manch ein bemitleidenswerter Student mit geröteten Augen würde geistig wie körperlich schneller wachsen, wenn er so narrenfrei wäre, sich eine zusätzliche Narrenkappe Schlaf zu gönnen anstatt bis spät in die Nacht zu lernen.

Auch das Licht der Gelehrsamkeit kann zu hell sein. Der Franzose Niepce*

* Joseph Nicéphore Niepce (1765–1833), französischer Erfinder, erzeugte 1826 auf einer lichtempfindlichen Asphaltschicht das erste beständige Licht-

entdeckte die »Aktinität«, jene in den Sonnenstrahlen enthaltene Kraft, die chemische Veränderungen bewirkt, und stellte fest, daß Granit, steinerne Konstruktionen und Statuen aus Metall »bei Tageslicht einer zerstörerischen Zersetzung durch die Sonnenstrahlen ausgesetzt sind und nur zu bald unter der zarten Berührung durch die geringste Kraft des Universums zerfallen würden, hätte die Natur nicht ein kaum weniger wunderbares Gegenmittel geschaffen«. Er fand nämlich heraus, daß »diese Substanzen, welche bei Tag solchen Veränderungen unterworfen sind, die Fähigkeit besitzen, während der Nacht, wenn die Einwirkung der Sonnenstrahlen auf-

bild, arbeitete zeitweise mit L. J. M. Daguerre zusammen.

gehört hat, ihren ursprünglichen Zustand wiederherzustellen«. Daher kommt er zu dem Schluß, daß »die Dunkelheit für den anorganischen Teil der Schöpfung so unerläßlich ist wie der Schlaf für den organischen«. Und nicht einmal der Mond scheint jede Nacht – auch er räumt das Feld für die Dunkelheit.

Ich halte es für falsch, jeden Menschen oder jeden Teil des Menschen zu kultivieren, ebenso wie ich es für falsch halte, jeden Hektar Boden zu kultivieren. Ein Teil davon soll bestellt werden, doch der größere Teil soll Wald oder Wiese bleiben und keinem unmittelbaren Zweck dienen, sondern durch den jährlichen Zerfall der Pflanzen, die er trägt, einen Humus für die ferne Zukunft bilden.

Ein Kind muß nicht nur die Buchstaben lernen, die Kadmos* erfunden hat. Die Spanier haben ein gutes Wort für dieses wilde, dunkle Wissen: *grammatica parda* – eine Art Mutterwitz, welcher von ebenjener Leopardin stammt, die ich bereits erwähnt habe.

Wir haben von einer »Gesellschaft zur Verbreitung nützlichen Wissens« gehört, und man sagt, Wissen sei Macht, und dergleichen mehr. Mir scheint jedoch, daß ein ebenso großer Bedarf an einer Gesellschaft zur Verbreitung nützlichen Unwissens besteht, eines Unwissens, das wir lieber »wunderbares Wissen« nennen wollen, denn es ist ein Wissen, das in einem höheren Sinne nützlich ist. Unser sogenanntes Wissen, auf das wir so stolz sind, ist doch nichts anderes als die Ein-

* Nach der griechischen Mythologie der Erfinder des Alphabets

bildung, wir wüßten bereits etwas, und diese beraubt uns des Vorteils, den tatsächliches Unwissen bietet. Was wir Wissen nennen, ist oft bloß unser positives Unwissen, und unsere Unwissenheit ist nichts als negatives Wissen. Durch jahrelangen Fleiß und die Lektüre der Zeitungen – wissenschaftliche Bibliotheken sind ja doch nichts anderes als Zeitungsarchive – häuft man unendlich viele Fakten an und speichert sie in seinem Gedächtnis, doch wenn man im Frühling des Lebens über die weiten Felder des Denkens schlendert, genießt man sozusagen das frische Gras, als wäre man ein Pferd, und läßt das Geschirr im Stall zurück. Zu der Gesellschaft zur Verbreitung nützlichen Wissens möchte ich manchmal sagen: Genießt das Gras. Ihr habt lange genug Heu gefressen. Der Frühling ist gekommen, und die grünen Halme sprießen. Noch ehe der Mai zu Ende ist, werden die Kühe auf die Weide getrieben; doch habe ich auch von einem Bauern gehört, der seine Kuh unsinnigerweise das ganze Jahr über im Stall hielt und mit Heu fütterte. Auf ebendiese Manier behandelt die Gesellschaft zur Verbreitung nützlichen Wissens oft ihre Herde.

Die Unwissenheit eines Menschen ist manchmal nicht nur nützlich, sondern auch schön, während sein sogenanntes Wissen oft nicht nur häßlich, sondern auch mehr als nutzlos ist. Mit wem ist der Umgang angenehmer: mit einem Menschen, der über ein bestimmtes Thema nichts weiß und, was äußerst selten ist, auch weiß, daß er nichts weiß, oder mit einem, der tatsächlich etwas darüber weiß, jedoch denkt, er wisse alles?

Das Verlangen nach Wissen überkommt mich periodisch, doch mein Verlangen, den Kopf in Atmosphären zu tauchen, von denen meine Füße nichts wissen, ist beständig. Das Höchste, was wir erlangen können, ist nicht Wissen, sondern eine Art Offenheit für Einsichten. Soviel ich weiß, ist dieses höhere Wissen etwas Unbestimmtes: ein völlig neues, großes Staunen, wenn wir plötzlich erkennen, wie unzulänglich alles ist, was wir bisher als Wissen bezeichnet haben, wenn wir entdecken, daß es mehr Dinge im Himmel und auf Erden gibt, als unsere Schulweisheit sich träumen läßt. Es ist, als würde die Sonne den Nebel auflösen. In einem höheren Sinne als diesem kann der Mensch nicht *wissen*, ebensowenig wie er heiter und ungestraft der Sonne ins Antlitz zu sehen vermag.

‘Ως τι νοῶν, οὐ κεῖνον νοήσεις – »Du wirst dies nicht so verstehen, wie du etwas Konkretes verstehen kannst«, heißt es in den chaldäischen Orakeln.*

Die Angewohnheit, nach einem Gesetz zu suchen, dem wir dann gehorchen können, hat etwas Serviles. Wir mögen nach Belieben und zu unserer Bequemlichkeit die Naturgesetze erforschen, doch ein erfolgreiches Leben ist nicht an Gesetzen ausgerichtet. Es ist zweifellos eine unerfreuliche Entdeckung, daß ein Gesetz uns bindet, wo wir uns bislang ungebunden wähnten. Lebe ein freies Leben, du Kind des Nebels** – und in Hin-

* Ein vermutlich von Zarathustra verfaßtes Gedichtfragment

** *The Children of the Mist* ist der Name einer Räuberbande in *Die Legende von Montrose* von Sir Walter Scott.

blick auf das Wissen sind wir alle Kinder des Nebels. Der Mensch, der sich die Freiheit nimmt zu leben, steht kraft seiner Beziehung zum Schöpfer aller Gesetze über allen Gesetzen. »Pflicht ist etwas, was nicht unserer Beschränkung dient; Wissen ist etwas, was unserer Befreiung dient; alle anderen Pflichten führen nur zur Ermüdung; alles andere Wissen ist nichts als die Geschicklichkeit eines Künstlers«, sagen die Puranas.*

Es ist bemerkenswert, wie wenige große Ereignisse oder Krisen es in unseren persönlichen Geschichten gibt, wie wenig unser Geist geübt worden ist, wie wenige Erfahrungen wir gemacht haben. Nur zu

* Religiöse, in Versen gehaltene Texte des Hinduismus, die als Werke des mythischen Sehers Wjasa gelten

gern wäre ich versichert, daß ich rasch und üppig wachse, auch wenn dieses Wachstum meinen stumpfen Gleichmut störte, auch wenn ich mich dabei durch lange, finstere, schwüle Nächte, durch dunkle Jahreszeiten kämpfen müßte. Es wäre nicht schlecht, wenn unser ganzes Leben eine göttliche Tragödie wäre und nicht diese triviale Komödie oder Farce. Dante, Bunyan und andere scheinen ihren Geist weit mehr als wir geübt zu haben; sie waren einer Art von Kultur ausgesetzt, von der unsere Bezirksschulen und Colleges keine Ahnung haben. Selbst Mohammed – bei dessen Namen viele aufschreien – hatte mehr, wofür zu leben und zu sterben sich lohnte, als diese Schreier es gewöhnlich haben.

Wenn einem, zu seltenen Gelegenheiten, ein Gedanke kommt, vielleicht bei einem Spaziergang entlang eines Bahndamms, dann fährt der Zug vorbei, ohne daß man ihn hört. Schon bald aber geht das Leben wieder dahin, und die Waggons drängen sich in unser Bewußtsein.

Sanfte Brise, die du unsichtbar
  dahinziehst,
Disteln wiegend am sturmgeprüften
  Gestade,
Erforscherin windiger Schluchten –
Warum hast du mein Ohr so schnell
  verlassen?

Während fast alle Menschen sich zur Gesellschaft hingezogen fühlen, verspürt kaum einer einen starken Hang zur Natur. In ihrem Verhältnis zur Natur erscheinen sie mir, trotz aller Kunst, auf einer tieferen Stufe als die Tiere zu stehen. Nicht oft ist dieses Verhältnis, wie bei den Tieren, ein gutes. Wie wenig wissen wir die Schönheit einer Landschaft zu schätzen! Wohl ist uns bekannt, daß die Griechen die Welt κόσμος nannten – was »Schönheit« oder »Ordnung« bedeutet –, doch zugleich ist uns nicht ganz klar, warum sie dies taten, und so halten wir es bestenfalls für eine philologische Kuriosität.

Was mich betrifft, so habe ich das Gefühl, daß ich hinsichtlich der Natur das Leben eines Grenzgängers führe. Ich lebe am Rande einer Welt, in die ich gelegentlich kurze Raubzüge unternehme, und meine Vaterlandsliebe, meine Bindung an den Staat, auf dessen Territorium ich mich danach wieder zurückziehe, ist die eines Strauchdiebs. Um ein Leben zu erlangen, das ich als natürlich bezeichnen könnte, würde ich sogar einem Irrlicht durch schreckliche Sümpfe und Moraste folgen, aber weder der Mond noch ein Glühwürmchen haben mir je den Weg dorthin gewiesen. Die Natur ist ein so riesiges und allumfassendes Wesen, daß wir ihr Antlitz nicht einmal ansatzweise erkennen können. Wer in der vertrauten Gegend umherwandert, die meine Heimatstadt umgibt, findet sich manchmal in Gefilden wieder, die ganz anders sind als die im Grundbuch beschriebenen Ländereien, in entlegenen Gefilden innerhalb der Grenzen der Gemeinde Concord sozusagen, wo deren Gesetze und Verordnungen allerdings nicht mehr gelten und der Begriff der *concordia,* der Eintracht, keine Bedeutung mehr hat. Diese Farmen, die ich vermessen, diese Grenzen, die ich gezogen habe, sind nur schemenhaft zu sehen, gleichsam wie durch einen Nebel, doch es gibt kein Mittel, sie zu fixieren – sie verblassen auf der photographischen Platte, und das Bild, das der Maler gemalt hat, schimmert undeutlich hindurch. Die Welt, mit der wir für gewöhnlich vertraut sind, hinterläßt keine Spuren und kennt keinen Jahrestag.

Kürzlich unternahm ich eines Nachmittags einen Spaziergang über Spauldings Farm und sah, wie die untergehende Sonne einen stattlichen Fichtenwald beleuchtete. Ihre goldenen Strahlen wanderten über den Boden des Waldes, als wäre es die Halle eines Edelmanns. Ich war beeindruckt – es war, als hätte sich eine uralte, bewundernswerte, illustre Familie in diesem zu Concord gehörenden Landstrich niedergelassen, eine Familie, die ich nicht kannte, deren Dienerin die Sonne war und die sich weder in die Gesellschaft des Städtchens hatte einführen lassen noch Besuch empfing. Ich sah ihren Park, ihren Lustgarten, durch den Wald schimmern: Es war Spauldings Preiselbeerwiese. Die Fichten reckten sich wie Giebel in den Himmel. Das Haus war nicht leicht zu erkennen, denn die Bäume wuchsen durch es hindurch. Ich bin mir nicht sicher, ob ich Geräusche gedämpfter Heiterkeit vernahm. Die Bewohner schienen es sich auf den Sonnenstrahlen bequem gemacht zu haben. Sie haben Söhne und Töchter. Es geht ihnen sehr gut. Der Feldweg des Farmers, der geradenwegs durch ihre Halle führt, stört sie nicht im mindesten – er ist wie der schlammige Boden eines Teichs, den man manchmal hinter dem Spiegelbild des Himmels erkennen kann. Sie haben nie von Spaulding gehört und wissen nicht, daß er ihr Nachbar ist – obgleich ich ihn vor sich hin pfeifen hörte, als er auf seinem Fuhrwerk durch ihr Haus fuhr. Nichts kommt der heiteren Gelassenheit ihres Lebens gleich. Ihr Wappen ist eine Flechte. Ich sah es auf den Stämmen von Fichten und Eichen. Ihr Dachboden sind die Baumwipfel. Politik ist ihnen fremd. Es erklang kein Geräusch, das auf Arbeit hindeutete. Keiner von ihnen schien zu weben oder zu spinnen. Und doch: Als der Wind sich legte und alle anderen Laute verstummt waren, vernahm ich ein feines, kaum wahrnehmbares melodisches Summen – es glich einem entfernten Bienenstock im Mai. Möglicherweise war das der Klang ihrer Gedanken. Sie stellten keine müßigen Betrachtungen an, und kein Außenstehender konnte ihre Arbeit sehen, denn ihr Fleiß äußerte sich nicht in Knoten und Auswüchsen.

Ich finde es jedoch schwierig, mich an sie zu erinnern. Ihr Bild vor meinem inneren Auge verblaßt sogar jetzt, da ich davon spreche und versuche, es heraufzubeschwören. Nur nach langen und ernsthaften Anstrengungen, meine besten Gedanken erneut verfügbar zu machen, bin ich mir meiner Nachbarn wieder bewußt. Wenn es Familien wie diese nicht gäbe, würde ich wohl aus Concord fortziehen.

In Neuengland sind wir es gewohnt zu sagen, daß uns Jahr für Jahr weniger Tauben besuchen. In unseren Wäldern finden sie kein Futter. Und gleichermaßen, so scheint es, besuchen jeden Mann, wenn er älter wird, Jahr für Jahr weniger Gedanken, denn der Hain unseres Geistes ist verwüstet: abgeholzt, um zersägt zu werden oder um unnötigen Ehrgeiz zu befeuern, so daß kaum ein Zweig mehr übrig ist, auf den sie sich setzen könnten. Sie bauen in uns keine Nester mehr und haben aufgehört, sich zu vermehren. An freundlicheren Tagen huscht vielleicht noch ein Schatten über die Regionen des Geistes. Er stammt von den *Schwingen* eines Gedankens, der auf dem Weg in mildere Gefilde vorüberfliegt, doch wenn wir dann aufsehen, können wir seine Substanz nicht erkennen. Unsere geflügelten Gedanken haben sich in Hausgeflügel verwandelt. Sie steigen nicht mehr in den Himmel, sondern schwingen sich allenfalls noch zu einer aufgeblasenen Herrlichkeit auf. Ach, die *grooßen Gedanken*, die *grooßen Männer*, von denen man hört!

Wir kleben an der Erde – wie selten richten wir uns auf! Mir scheint, wir könnten uns ein wenig öfter erheben. Wir könnten wenigstens einmal einen Baum erklimmen. Ich fand einmal Gewinn darin, auf einen Baum zu klettern. Es war eine hohe Weymouthskiefer, die auf dem Gipfel eines Hügels stand; und obgleich ich mich mit Harz beschmutzte, fand ich mich reich belohnt, denn ich entdeckte Berge am Horizont, die ich nie zuvor gesehen hatte – ich sah so viel mehr von der Erde und vom Himmel. Ich hätte siebzig Jahre lang am Fuß dieses Baumes umherlaufen können und sie doch gewiß nie zu Gesicht bekommen. Vor allem aber entdeckte ich – es war gegen Ende Juni – an den Enden der obersten Zweige ein paar winzige, zarte, rote, zapfenförmige Blüten: die dem Himmel zugewandten Blüten der Weymouthskiefer. Sogleich trug ich einige Zweige des Wipfels in die Stadt und zeigte sie den auswärtigen Geschworenen, die auf der Straße umhergingen – es war nämlich Gerichtswoche –, sowie Farmern, Holzhändlern, Baumfällern und Jägern. Keiner von ihnen hatte je dergleichen gesehen, und sie staunten, als wäre ein Stern auf die Erde gestürzt. Man erzähle mir nichts von den Baumeistern früherer Zeiten, welche die Verzierungen an den Spitzen der Säulen ebenso sorgfältig ausführten wie die an den weiter unten gelegenen, mit bloßem Auge erkennbaren Partien! Die Natur hat seit jeher dafür gesorgt, daß die winzigen Blüten der

Waldbäume zum Himmel gerichtet sind, hoch über den Köpfen der Menschen und von diesen unbemerkt. Wir sehen nur die Blumen, die zu unseren Füßen auf den Wiesen wachsen. Seit Jahrhunderten treiben die Kiefern ihre zarten Blüten jeden Sommer an den höchsten Zweigen des Waldes, hoch über den Köpfen der roten wie der weißen Kinder der Natur, und doch hat kaum ein Farmer oder Jäger in diesem Land sie je gesehen.

Wir können es uns vor allem nicht leisten, nicht in der Gegenwart zu leben. Der gesegnetste aller Sterblichen ist der, welcher keinen Augenblick seines vergänglichen Lebens darauf verschwendet, sich an die Vergangenheit zu erinnern. Solange unsere Philosophie nicht alle Hahnenschreie von allen Bauernhöfen innerhalb unseres

Gesichtskreises hört, hinkt sie hinter der Zeit einher. Es ist dies ein Laut, der uns gewöhnlich daran erinnert, daß wir in unseren Tätigkeiten und geistigen Gewohnheiten eingerostet und zurückgeblieben sind. Im Gegensatz zu unserer Philosophie befaßt sich die des Hahns mit einer neueren Zeit. Sie deutet auf ein neueres Testament hin: auf das Evangelium dieses Augenblicks. Der Hahn ist nicht zurückgeblieben; er ist früh aufgestanden und hat sich nicht wieder zur Ruhe begeben, und dort zu sein, wo er ist, bedeutet, auf der Höhe der Zeit zu sein. Sein Schrei ist ein Ausdruck der Kraft und Gesundheit der Natur, ein Prahlen vor aller Welt – Gesundheit, die gleich einer Quelle sprudelt, ein neuer Born der Musen, um diesen letzten, neuesten Augenblick zu feiern. Wo er lebt, werden keine Gesetze über die Rückführung geflohener Sklaven erlassen. Und wer hätte seinen Herrn seit dem letzten Hahnenschrei nicht viele Male verraten?

Die Verdienste dieses Vogels liegen darin, daß er frei von aller Klage ist. Ein Sänger kann uns mit Leichtigkeit zu Tränen rühren oder in Lachen ausbrechen lassen, doch wo ist der, der uns mit reiner morgendlicher Freude beseelt? Wenn in der schrecklichen Stille eines Sonntags meine dumpfen, schweren Schritte auf dem hölzernen Gehsteig erklingen oder wenn ich vielleicht die Nacht über bei einem Toten gewacht habe und den weit entfernten oder nahen Schrei eines Hahns vernehme, dann denke ich: »*Einen* immerhin gibt es, der guter Dinge ist«, und erwache mit einemmal wieder zum Leben.

Eines Tages im letzten November hatten wir einen bemerkenswerten Sonnenuntergang. Ich spazierte über eine Wiese, auf der ein kleiner Bach entsprang, als die Sonne, kurz bevor sie nach einem kalten, grauen Tag unterging, ein wolkenloses Stück Himmel am Horizont erreichte und das trockene Gras, die Bäume am gegenüberliegenden Horizont und die Blätter der Zwergeichen auf der Hügelflanke in ein weiches, helles Morgenlicht tauchte, während unsere Schatten sich weit nach Osten reckten, als wären wir die einzigen winzigen Teilchen, die von ihren Strahlen berührt wurden. Es war ein Licht, das wir uns einen Augenblick zuvor nicht einmal hätten vorstellen können, und auch die Luft war so warm und angenehm, daß die Wiese in das reinste Paradies verwandelt war. Als uns bewußt wurde, daß dies kein einmaliges, nie wiederholtes Ereignis war, sondern daß es sich im Gegenteil an unzähligen Abenden wiederholen und noch das letzte umherwandernde Kind erfreuen und beruhigen würde, war dieser Augenblick noch herrlicher.

Die Sonne geht über einer brachliegenden Wiese, wo kein Haus zu sehen ist, mit derselben Pracht und Herrlichkeit unter, mit der sie eine Stadt übergießt, und vielleicht tut sie es auf eine Art, wie sie es noch nie getan hat – und das an einem Ort, wo sie nur einem einsamen Falken die Schwingen vergoldet, wo bloß eine Moschusratte aus ihrer Behausung blickt und ein kleiner, schwarz geäderter Bach mitten in der Marsch zu mäandern beginnt und sich langsam um einen vermodernden Baumstumpf windet. In einem reinen, hellen Licht, welches das dürre Gras und die Blätter aufleuchten ließ, gingen wir dahin. Das Licht war so sanft, heiter und hell, daß ich glaubte, noch nie in so goldenen, unbewegten, stillen Fluten gebadet zu haben. Die dem Westen zugewandten Seiten der Bäume und Erhebungen schimmerten wie die Grenzen des Elysiums*, und die Sonne in unserem Rücken erschien uns wie ein gütiger Hirte, der uns am Abend nach Hause trieb.

So schlendern wir zum heiligen Land, bis eines Tages die Sonne heller scheinen wird, als sie es je getan hat. Vielleicht wird sie bis in unseren Geist und unser Herz scheinen und unser ganzes Leben

* Teil des Totenreiches, in das nur wenige Auserwählte aufgrund ihrer Verdienste eingelassen wurden

in ein großes, erweckendes Licht tauchen – warm und friedlich und golden wie ein Flußufer im Herbst.

Henry David Thoreau, geboren 1817 in Concord, Massachusetts, hat seine Heimatstadt nur für einen zweijährigen Studienaufenthalt am Harvard College verlassen. Eine Zeitlang war er Privatsekretär Ralph Waldo Emersons. 1845 bezog er eine selbstgebaute Blockhütte am Walden-See, in der er zwei Jahre zurückgezogen lebte und *Walden oder Leben in den Wäldern* schrieb. Auf einem seiner Ausflüge in die Stadt wurde er verhaftet, weil er keine Steuern gezahlt hatte. In der Nacht, die er im Gefängnis verbrachte, konzipierte er seinen Essay *Über die Pflicht zum Ungehorsam gegen den Staat.* Nach seiner Rückkehr vom Walden-See arbeitete er als Landvermesser und engagierte sich bis zu seinem Tod gegen die Sklaverei. Thoreau starb 1862 an Tuberkulose.

Bitte beachten Sie auch die folgenden Seiten

Henry David Thoreau

Über die Pflicht zum Ungehorsam gegen den Staat und andere Essays

Übersetzung aus dem Amerikanischen, Nachwort und Anmerkungen von Walter E. Richartz

»Henry David Thoreau, jüngerer Freund des einflußreichen Emerson, Literat und Naturliebhaber in Concord bei Boston, hat schon 1849 verkündet, der Bürger habe ein Recht, ja sogar die Pflicht zur *civil disobedience* gegen den Staat, wenn die regierende Mehrheit Gesetze beschließt und Taten billigt, die der Bürger in seinem Gewissen für ein schweres Unrecht hält. In seinem berühmt gewordenen Essay *Über die Pflicht zum Ungehorsam gegen den Staat* stellt er Kernfragen der Demokratie: Dürfen Mehrheiten über Recht und Unrecht, ja sogar über Gewissensfragen entscheiden? Darf der Bürger auch nur für einen Augenblick und im geringsten Grad sein Gewissen dem Gesetzgeber überlassen? Wozu hat dann jeder Mensch ein Gewissen?

Kühn reklamiert der eben Dreißigjährige ein individuelles Gewissensrecht gegen ungerechte Mehrheitsentscheidungen: ›Wenn das Gesetz dich zum Arm des Unrechts macht, dann, sage ich, brich das Gesetz.‹
Mahatma Gandhi verteilte die Schrift wie ein Lehrbuch unter seine Schüler; Anhänger der amerikanischen Bürgerrechts-Bewegung trugen sie im Marschgepäck.«
Der Spiegel, Hamburg

Walden oder Leben in den Wäldern

Deutsch von Emma Emmerich und Tatjana Fischer.
Mit Anmerkungen, Chronik und Register.
Vorwort von Walter E. Richartz

»Die bemitleidenswerteste Klasse sind die Menschen, die Geld aufgehäuft haben und nichts Besseres damit anzufangen wissen, als neues Geld aufzuhäufen…« Sechs Jahre nach dem ›Kommunistischen Manifest‹ lieferte Henry David Thoreau unter dem täuschend gemütvollen Titel *Leben in den Wäldern* ein Alternativprogramm zu Marx und Engels, das als zweite klassische Protest-

form des 19. Jahrhunderts bis heute fortwirkt. Marx versprach eine Welt ohne Ausbeuter nach der Weltrevolution – Thoreau mochte so lange nicht warten. Marx lehrte den gewaltsamen Umsturz – Thoreau praktizierte die Weigerung und inspirierte damit Gandhi und die französische Résistance, englische Gewerkschaften und die amerikanische Bürgerrechtsbewegung, Hippies und Wehrdienstverweigerer. Egon Friedell nannte ihn einen neuen Franz von Assisi, die Literaturgeschichte vergleicht ihn mit Montaigne – Thoreau wollte nur »Muße zum wirklichen Leben«.
Hermann Hesse – auch ein Thoreau-Schüler – über *Walden:* »Die amerikanische Literatur, so kühn und großartig sie ist, hat kein schöneres und tieferes Buch aufzuweisen.«

Thomas Morus
Utopia

Aus dem Lateinischen von Alfred Hartmann
Mit einem Porträt des Autors von
Erasmus von Rotterdam

»Die Insel Utopia ist vor allem deshalb eine menschenwürdige, weil ihre Bewohner so weitgehend von der Arbeitsfron befreit sind. Sechs Stunden mäßige Mühe reichen aus, um alle notwendigen Bedürfnisse zu befriedigen und auch genügend Vorrat für die Annehmlichkeiten herzustellen. Dann beginnt das Leben jenseits der Arbeit; es ist ein Leben der glücklichen, der liberalen Einheit der Familie, im schön bereiteten Haus, das mehrere Familien gleich Gästen verbindet. ... Alle Religionen haben in großartig unierender Toleranz Platz, auch Sonne-, Mond- und Planetenanbetung. Utopia ist das Eldorado der Glaubensfreiheit, um nicht zu sagen: das Pantheon aller guten Götter.«
Ernst Bloch

Ralph Waldo Emerson im Diogenes Verlag

»Zu Lebzeiten als Prophet verehrt, bei seinem Tod von ganz Amerika betrauert, war Emersons Einfluß auch in Deutschland groß. Seine Theorie der Natur der Schöpfung ist kein System der Naturwissenschaft, sondern der Versuch, alles Sichtbare in einfache Kategorien zu bringen und den Menschen in den Mittelpunkt zu stellen.«
Österreichischer Rundfunk, Wien

Essays

Herausgegeben, aus dem Amerikanischen übersetzt und mit einem ausführlichen Anhang von Harald Kiczka

Natur

Herausgegeben und übersetzt von Harald Kiczka. Mit einem Nachruf auf Emerson von Herman Grimm

Repräsentanten der Menschheit

Plato, Swedenborg, Montaigne, Shakespeare, Napoleon, Goethe. Sieben Essays. Deutsch von Karl Federn. Mit einem Nachwort von Egon Friedell

Von der Schönheit des Guten

Betrachtungen und Beobachtungen. Ausgewählt, übertragen und mit einem Vorwort von Egon Friedell. Mit einem Nachwort von Wolfgang Lorenz

Mahatma Gandhi

Die Kraft des Geistes

Auswahl aus den Schriften
Ausgewählt und mit einem Vorwort
von Gertrude und Thomas Sartory
Aus dem Englischen von
Fritz Kraus und Emil Roniger

Mahatma Gandhi (1869–1948) setzte sich mit seinen Reden und seinem Wirken für ein unabhängiges Indien ein. Dies tat er mit solch universalen und menschlichen Worten, daß sie auch hier und heute noch gelten.

»Ich bin kein Visionär. Ich behaupte, ein praktischer Idealist zu sein. Nicht-Gewalt ist das Gesetz unserer Art ... Die Würde des Menschen erfordert Ergebung an ein höheres Gesetz – an die Kraft des Geistes.«
Mahatma Gandhi

»Künftige Generationen werden es nicht für möglich halten, daß ein solcher Mensch jemals leibhaftig auf unserer Erde wandelte.«
Albert Einstein

Kleine Diogenes Taschenbücher

Ali Baba und die vierzig Räuber
Zwei Märchen aus Tausendundeiner Nacht

Die Bergpredigt
Aktuelle Texte aus dem Neuen Testament. Ausgewählt von Christian Strich. Mit einem Vorwort von H.G. Wells

Bertolt Brecht
Die schönsten Gedichte. Ausgewählt von Silvia Sager. Mit einem Nachwort von Hannah Arendt

Wilhelm Busch
Die schönsten Gedichte. Ausgewählt von Christian Strich

Albert Camus
Weder Opfer noch Henker. Über eine neue Weltordnung. Aus dem Französischen von Lislott Pfaff. Mit einem Nachwort von Heinz Robert Schlette und einem Beitrag von Hans Mayer

Giacomo Casanova
Zwei Nonnen. Eine erotische Geschichte. Aus dem Französischen von Franz Blei

Anton Čechov
Die Dame mit dem Hündchen. Zwei Erzählungen. Aus dem Russischen von Hertha von Schulz und Gerhard Dick

Matthias Claudius
Die schönsten Gedichte. Ausgewählt von Christian Strich

Paulo Coelho
Der Wanderer. Geschichten und Gedanken. Aus dem Brasilianischen von Maralde Meyer-Minnemann. Ausgewählt von Anna von Planta

Unterwegs. Geschichten und Gedanken. Deutsch von Maralde Meyer-Minnemann. Ausgewählt von Anna von Planta

Luciano De Crescenzo
Sokrates. Sein Leben und Denken. Aus dem Italienischen von Linde Birk

Doris Dörrie
Der Mann meiner Träume. Erzählung

Fjodor Dostojewskij
Die Sanfte. Eine phantastische Erzählung. Aus dem Russischen von Johannes von Guenther

Friedrich Dürrenmatt
Die Panne. Eine noch mögliche Geschichte

Der Gedankenschlosser. Über Gott und die Welt. Ausgewählt von Daniel Keel und Anna von Planta

Albert Einstein & Sigmund Freud
Warum Krieg? Ein Briefwechsel. Mit einem Essay von Isaac Asimov

Epiktet

Handbüchlein der Moral und Unterredungen. Herausgegeben, mit einem Vorwort und einer Schlußbemerkung von Wolfgang Kraus. Deutsche Übertragung nach J.G. Schulthess und K. Enk

Epikur

Über das Glück. Ausgewählte Texte. Aus dem Altgriechischen und herausgegeben von Séverine Gindro und David Vitali. Vorwort von Ludwig Marcuse

Theodor Fontane

Die schönsten Gedichte. Ausgewählt von Franz Sutter

Mahatma Gandhi

Die Kraft des Geistes. Auswahl aus den Schriften. Ausgewählt und mit einem Vorwort von Gertrude und Thomas Sartory. Aus dem Englischen von Fritz Kraus und Emil Roniger

Die Geschichte von der Erschaffung der Welt

von Adam und Eva, von ihrem Sündenfall, von Abraham, Jakob und von Joseph und seinen Brüdern. In der Übertragung von Martin Luther. Auswahl der Texte von Franz Sutter

Die Geschichte von Hiob

dem rechtschaffenen Mann, seinen Prüfungen und seinem Streit mit Gott. In der Übertragung von Martin Luther. Auswahl der Texte von Franz Sutter

Die Geschichte von König David

von Sauls Eifersucht, dem Kampf mit Goliath und der Eroberung Jerusalems. In der Übertragung von Martin Luther. Auswahl der Texte von Franz Sutter

Die Geschichte von Moses

vom Exodus, den Zehn Geboten und dem Einzug ins Gelobte Land. In der Übertragung von Martin Luther. Auswahl der Texte von Franz Sutter

Johann Wolfgang Goethe

Die schönsten Gedichte. Ausgewählt von Franz Sutter

Von der Höflichkeit des Herzens und andere Gedanken. Herausgegeben und mit einem Vorwort von Ernst Freiherr von Feuchtersleben

Brüder Grimm

Die schönsten Märchen. Ausgewählt von Christian Strich

Heinrich Heine

Die schönsten Gedichte. Ausgewählt von Anton Friedrich

Hermann Hesse

Die schönsten Gedichte. Ausgewählt von Christian Strich. Mit einem Essay des Autors über Gedichte. Mit einem Nachwort von Maria Nils

Patricia Highsmith

Drei Katzengeschichten. Aus dem Amerikanischen von Anne Uhde

Hildegard von Bingen

Lieder. Zweisprachige Ausgabe lateinisch/deutsch. Ausgewählt von Silvia Sager. Vorwort von Walter Nigg

I Ging

Das Buch der Wandlungen. Herausgegeben von Thomas Cleary. Aus dem Amerikanischen von Ingrid Fischer-Schreiber

John Irving
Die Pension Grillparzer. Eine Bärengeschichte. Aus dem Amerikanischen von Irene Rumler

Franz Kafka
Die Verwandlung. Erzählung
Brief an den Vater. Mit einem Vorwort von Max Brod

Immanuel Kant
Deines Lebens Sinn. Herausgegeben und mit einem Vorwort von Wolfgang Kraus

Die schönsten Katzengedichte
Ausgewählt von Anne Schmucke. Mit Zeichnungen von Tomi Ungerer

Jiddu Krishnamurti
Meditationen. Eine Auswahl aus den Schriften. Aus dem Englischen von Ulrich Hartmann

Lao Tse
Tao-Te-King. Neu ins Deutsche übertragen von Hans Knospe und Odette Brändli. Mit einem Nachwort von Knut Walf

Donna Leon
Latin Lover. Von Männern und Frauen. Aus dem Amerikanischen von Monika Elwenspoek

Einbe Amerikanerin in Venedig. Geschichten aus dem Alltag. Deutsch von Monika Elwenspoek

Die schönsten Liebesbriefe deutscher Dichter
Ausgewählt und herausgegeben von Anton Friedrich und Silvia Sager

Die schönsten Liebesbriefe deutscher Musiker
Herausgegeben von Anton Friedrich und Silvia Sager

Die schönsten deutschen Liebesgedichte
Ausgewählt von Christian Strich

Das kleine Liederbuch
Die schönsten deutschen Volkslieder. Mit Skizzen von Tomi Ungerer

Loriot
Szenen einer Ehe

Ian McEwan
Psychopolis. Abschied aus L.A. Aus dem Englischen von Wulf Teichmann

W. Somerset Maugham
Die Leidenschaft des Missionars. Erzählung. Aus dem Englischen von Ilse Krämer

Guy de Maupassant
Das Freudenhaus. Drei Erzählungen. Aus dem Französischen von Walter Widmer und Georg von der Vring

Eduard Mörike
Mozart auf der Reise nach Prag. Novelle

Mohammed
Die Stimme des Propheten. Herausgegeben und Vorwort von Wolfgang Kraus

Michel de Montaigne
Um recht zu leben. Aus den Essais. Mit einem Vorwort von Egon Friedell

Christian Morgenstern
Galgenlieder. Ausgewählt von Christian Strich

Friedrich Nietzsche
Die schönsten Gedichte. Ausgewählt von Anton Friedrich

Walter Nigg
Teresa von Avila. Eine leidenschaftliche Seele

Franz von Assisi. Denken mit dem Herzen

No future?
Herausgegeben von Franz Sutter

Ingrid Noll
Stich für Stich. Fünf schlimme Geschichten

Die Sekretärin. Drei Rachegeschichten

Rainer Maria Rilke
Briefe an eine junge Frau. Mit einer Erinnerung an Rilke von Romain Rolland

Briefe an einen jungen Dichter. Mit einem Vorwort von Joachim W. Storck

Die schönsten Gedichte. Ausgewählt von Franz Sutter. Mit einem Nachwort von Stefan Zweig

Joachim Ringelnatz
Die schönsten Gedichte. Ausgewählt von Franz Sutter und Antje Stählin. Mit einer kleinen Autobiographie des Autors

Salomo
Weinen hat seine Zeit, Lachen hat seine Zeit. Die großen Dichtungen des König Salomo. Vorwort von Ludwig Marcuse

Shakespeare
Liebessonette. Englisch und deutsch. Aus dem Englischen von Otto Gildemeister, Gottlob Regis, Karl Richter, Dorothea und Ludwig Tieck, Karl Simrock

Georges Simenon
Brief an meine Mutter. Aus dem Französischen von Trude Fein

Patrick Süskind
Drei Geschichten und eine Betrachtung

Susanna Tamaro
Eine Kindheit. Erzählung. Aus dem Italienischen von Maja Pflug

Die Demut des Blicks. Wie ich zum Schreiben kam. Zwei Essays und ein Gespräch mit Paola Gaglianone. Deutsch von Maja Pflug

Henry David Thoreau
Über die Pflicht zum Ungehorsam gegen den Staat. Aus dem Amerikanischen von Walter E. Richartz. Mit einem Nachwort von Manfred Allié

Vom Spazieren. Ein Essay. Deutsch von Dirk van Gunsteren

Mark Twain
Adams Tagebuch und *Die romantische Geschichte der Eskimomaid.* Eine klassische und eine moderne Liebesgeschichte. Deutsch von Marie-Louise Bischof und Ruth Binde

Oscar Wilde
Die Lust des Augenblicks. Aphorismen. Aus dem Englischen von Candida Kraus